KB266721

시
골에 사는
움거
즐

시골에 사는 즐거움

골에 사는

움거

구산 박정래 글/사진

새로운사람들

시골에 사는 즐거움 / 박정래 • 09
함께한 이야기 / 이어영 • 11
우리 시골 가서 살까 / 홍은영 • 13

|봄 이야기

시즐, 봄 이야기 • 19
3월 폭설暴雪 • 20
3월, 숲의 축제 • 22
불뚝 봄 • 24
화분에 핀 꽃 • 26
봄의 아침은 새 소리로 깨어나고 • 28
쑥개떡 • 30
개구리 • 32
무논의 부활 • 34
봄야채 비빔밥 • 36
들채 비빔밥 • 38
영산홍, 꽃바람에 • 40
엄나무 자르기 • 41
아내의 텃밭 • 42
5월의 산책 • 44
5월의 봄비, 개구리, 까치 • 45
영산홍 울타리 • 46
풀어 놓은 닭이 • 47
삼락三樂 • 48
다시 목련을 기다리며 • 50
잔디를 보는 잡초가 한 마디 • 52

|여름 이야기

시즐, 여름 이야기 • 55

여름 폭우가 눈을 감다 · 56

어느 여름 아침 · 57

오복五福, 이빨 같은 옥수수 · 58

옥수수 시음 · 60

자두나무 · 61

자두, 베어 물다 · 62

숨은 딸기 따기 · 64

국수리에 내리는 폭우 · 65

잔디 깎기 · 66

앵두 따기 · 68

폭염이 · 70

소나기 · 72

밤비 · 74

장마1 · 75

장마2 · 76

장마에 든 남한강 · 78

줄장미, 소나기를 만나다 · 80

말복末伏의 침묵 · 82

다시 원두막에서 · 84

|가을 이야기

시즐, 가을 이야기 · 87

창과 9월 새벽 · 88

처서 지난 정원 풀베기 · 90

미친 대추나무 · 91

이 가을, 휴일 늦잠 · 92

무서리 내린 날 · 94

낙엽소고落葉小考 · 96

낙엽을 쓸다 · 98

낙엽 · 99

추석 · 100

가을 풍경 · 102

가을 보또랑 · 103

섬이 된 즐거움 · 104

전시회 같은 풍경風景 · 106

호박이 전해준 이야기 · 107

호박 너 같은 놈아 · 108

무말랭이처럼 · 110

늦가을 후박나무 꽃 · 112

아들과 떨감을 따다 · 113

떨감나무 · 114

모과만 남다 · 116

모과가 썩다 · 118

|겨울 이야기

시즐, 겨울 이야기 · 121

홍시 · 122

불룩 항아리 홍시 · 123

동짓달 휴가 · 124

들쥐 거去하다 · 125

눈 내리는 날 · 126

온 세상을 덮어라 눈아 · 128

시골 쥐와 함께 · 129

겨울 면사포 · 130

겨울 처마 밑 · 132

신묘년 설 · 134

신묘년을 보내며 · 136

겨울 거진－우리 집 진돗견 · 138

|계절 밖 이야기

　시즐, 계절 밖 이야기 · 142
　알람시계 · 143
　창窓 · 144
　새벽에 우는 닭이 · 145
　혼자 있는 토요일 · 146
　시詩를 찾아온 한라봉 · 147
　코카스파니엘 우리 · 148
　우리 이야기 · 150
　친구가 된 고양이 · 151
　집 고양이가 된 들 고양이 · 152
　새벽에 보는 달이 · 153
　간이역 · 154
　국수리로 가는 중앙전철 · 156
　중앙전철 길고 긴 막차 이야기 · 158
　손님 · 160
　결혼 20주년 · 162
　세월아, 넌 뭐하니 · 164
　내 나이 오십 · 165
　황금연못 · 166
　신년 다례 · 168
　아내가 여행을 떠난 사흘 · 170

|거북마을 15년 주저리주저리 · 172

시골에 사는 즐거움

'시즐'이라고 해 보았다.

찬란하게 반짝이는 남한강의 햇빛 비늘을 닮아 있다고 생각한다.

우리가 만들고 살아 온 거북마을에 깃든 십오 년의 세월이 한 순간에 흘러갔다.

칠정七情, 희로애락애오욕喜怒哀樂愛惡慾 중 어찌 즐거움만 있었겠는가.

즐거움만 기억하고자 했다. 거기 사랑의 기억을 조금 더 보태고자 했다.

삶이 선택의 과정이라고 한다면, 그것도 권리이지 않겠는가.

아마도 시골에서의 생활은 화가 난 시간보다 기쁜 시간이, 슬픔보다는 즐거움이, 증오보다는 사랑이 조금이라도 더 많았던 시간이라고 생각한다.

그래서 시골에 사는 즐거움이다.

그런 일상을 에세이로 기록하는 것보다 사시사철 생경한 시로 표현해 보았다.

시만으로 표현이 부족하니 일부 현장사진을 그림처럼 보태 보았다.

사진만 보태니 아쉬워 거기 몇 마디 주절거리는 말을 달았다. 후후.

그렇게 하다 보니 이건 시집도 아니고, 사진첩도 아니고, 에세이집도 아니다.

시즐집이다.

한 결 같이 십오 년을 산 이웃들에게 감사한다.

참으로 고마운 이웃, 평생지기들이다.

서로의 삶을 지켜 볼 수 있음에 고마울 따름이다.

이제 시즐 세월 속에 자라난 아이들이 마을 밖으로 떠나기 시작한다.

계절로 보면 우린 늦가을이고, 아이들은 막 왕성한 봄에 접어들었다.

누구나 인생의 계절은 그렇게 모두가 다른 계절에 머물러 있으리라.

그러나 어느 계절이건 나름 살만한 것이고, 소중한 것이리라 확신한다.

시즐을 통해 스펙트럼 같은 인생의 소소한 즐거움을 함께 느끼시길!!

지구촌의 변화, 자연의 흐름, 찰나의 시간을 거스를 수 없는 유한의 존재로서 다섯 계절의 이야기를 추억으로 남기며, 시즐의 인연을 맺은 모든 친구, 생물, 무생물, 나무와 들풀, 그들이 살아 온 시간에 감사한다.

시즐을 함께 나눈 특별한 인연들, 마을 이웃들, 특히 아내 소화笑花에게 더욱 감사한다. 끝으로 5학년 5반 즈음에 '황토'라는 특별반으로 만나고 인연을 맺은 '새로운사람들', 늘 새로운 이재욱 선배님과 이 이야기를 함께하고 싶다.

계유년 5월

창공홀에서 구산龜山 박정래

함께한 이야기

감히 우리라고 하는 이유는 독립 공간 거북마을에 공동 운명체처럼 다섯 가구가 옹기종기 모여 살기 때문이랍니다. 공동 운명체라기보다는 울타리가 없는 이웃이라고 하는 편이 좋겠네요. 왜냐하면 사실 우리가 15년을 이웃하며 살 수 있던 이유는 서로 양보하며, 함께 장단점을 보완하고, 서로의 삶을 존중하는 생활을 지켜왔기 때문입니다.

많은 지인들이 자녀를 해외로 유학을 보낼 때 아이들을 방목한다는 심정으로 우리는 국수리 안골의 한적한 골짜기에 집을 짓고 이사 왔습니다. 그것이 바른 선택이든 그릇된 선택이든 우리는 여기서 아이들을 주어진 여건대로 키웠고, IMF의 파고, 카드대란, 국제금융 위기까지 크고 작은 경제대란들을 지켜보아야 했습니다. 그 과정이 오히려 즐겁고, 추억으로 반짝이는 것이어서 15년이 지난 어느 날 구산이 갑자기 내민 시즐 원고에 박수를 보냅니다.

IMF 금융체제 여파로 백척간두처럼 아슬아슬하기만 했던 결혼 10주년에 우여곡절을 겪으며 거북마을 허허벌판에 둥지를 틀고 들어왔고, 결혼기념일을 위해 꽁꽁 숨겨둔 마지막 돈 이십만 원을 탈탈 털어 열 그루의 나무를 심었습니다. 시간이 세월이라는 이름으로 흐르니, 쌓일 것은 쌓이고, 잊힐 것은 잊히고, 성장할 것은 성장하여, 모든 것이 새로운 모습으로 변화하고 진화하나 봅니다. 결혼 20주년에는 그 나무 그늘에서 기념 파티를 벌이며, 그들이 주는 신선하고 아름답고 달콤한 선물을 기꺼이 즐기게 되었습니다.

매실, 자두, 앵두, 딸기, 엄나무 싹, 두릅, 가시오가피, 모과, 대추(아, 대추는 나무가 미쳐서 베어 버렸네요), 산수유, 감, 고욤…….

올해는 결혼 25주년, 은혼식을 맞이하는 해입니다. 이제 주변의 다양한 들풀이나 허브, 약초 등으로 여러 종류의 효소를

담가 그 향을 1년 내내 이웃, 지인과 나누며 살고 있습니다. 한편 운이 좋아 아이들을 전원에서 키우며 양평에서 13년째 사서 선생으로 독서지도를 하고 있습니다. 이곳 아이들에게 미래 지혜의 샘을 병아리 이끄는 어미 닭처럼 떠먹이고 있습니다. 이것 역시 시골에 사는 즐거움입니다.

어찌 보면 이 모든 것이 늘 믿고 따른 남편 구산의 놀라운 도전과 결단력, 열정, 사랑 덕분이라고 생각합니다. 때론 시인으로, 때론 사진가이며 기록자로, 때론 직장인으로, 때론 농부나 정원사로, 자상한 아빠이자 남편, 함께 차를 달이는 다인으로, 구산의 삶의 토양에 깊게 뿌리박은 또 한 그루의 나무로서 행복합니다.

25년간 다닌 광고회사를 그만두고 이제 교수로서, 컨설턴트로, 연구가로, 집필가로, 자유인으로서 앞으로의 행보가 더 풍요롭고 행운으로 가득 차기를 기대합니다. 가끔 그 그늘에 풍성한 식탁을 차리고, 함께 시원한 탁주를 한 잔 마시며 취해가는 인생은 아무나 누리는 호사는 아닐 것입니다.

거북마을 살기 15주년, 결혼 25주년, 그 숫자들의 의미를 '행복'이라는 한 단어로 표현하기에는 우리 인생이 너무 복잡해졌습니다.

하지만, 오늘은 시골에 사는 즐거움, 거북마을에 사는 즐거움을 생각합니다.

행복했던 순간들, 고마운 이웃, 양평과 원근에서 함께 우리 삶을 지켜보아주고 격려한 아름답고 귀한 지인들을 생각합니다.

이제 이 시골, 작은 골짜기에서 대처와 세계로 여행을 떠난 거북마을 아이들을 생각합니다. 정말 조용한 미소가 저녁노을에 걸립니다.

그리고 두 손 모아 감사드립니다.

계유년 5월 창공홀에서 구산龜山과 함께

소화笑花 이어영

우리 시골 가서 살까?

사람들은 사는 게 팍팍할 때면, 이상향을 그리듯 이런 말을 던진다.

우리도 그랬다.

꿈을 꾸듯, 먼 미래를 얘기하듯……

"우리 시골 가서 살까? 넓은 들판에 지붕 낮은 집 한 채 지어 놓고, 말 타고 다니면서 그렇게 살까? 지금 말고, 나중에 나이 들어 은퇴하고 나면 시골 할머니 할아버지 되어 동화 속 그림처럼 늙어갈까?"

그런데, 그 먼 미래가 예기치 않게 눈앞에 다가오고 말았다.

마음의 준비는커녕, 땅을 살 돈도 터무니없이 부족한 상태에서……

그래서 우리가 지은 집은 나무가 우거진 숲 속에 하얀 벽과 빨간 지붕을 가진 집이 아니었다. 동화로 치면 잔혹 동화쯤 될까?

주변을 가려주던 쓸 만한 나무는 마을 사람이 약삭빠르게 베어갔고, 잔디 한 포기 자라지 않는 마당은 비가 오면 진흙 밭으로 변했다.

여기저기 삐죽삐죽 튀어나온 돌이 정원석을 대신하고 있는 마당에서 그래도 우린 행복했다. 건설사의 부도에도 손해 없이 집을 완성할 수 있어서 행복했고, 아이들이 마음껏 뛰어놀 수 있는 마당이 있어서 행복했고, 함께 마음을 나누고 기댈 수 있는 이웃이 바로 옆에서 숨 쉬고 있어서 마냥 행복했다.

집들이에 초대받아 온 사람들은 마당의 돌 몇 개 골라주고 한숨을 쉬며 돌아갔지만, 그 돌밭에서 작은 의자를 이리저리 옮기며 햇볕을 피하면서도 우리는 스스로가 대견하고 뿌듯했다.

아침이면 출근하는 도시 직장인으로 일상을 사는 틈틈이 나무를 심고 꽃을 가꾸었다. 그리고 삼겹살을 구웠다. 그렇게 15년이 지났다.

돌밭에는 잔디가 제법 뿌리를 박고 퍼졌고, 마당의 나무들은 짙은 그늘을 만들게 되었다. 철따라 다른 꽃이 피어나는 꽃밭이 생겼으며, 소꿉장난하듯 일군 땅은 상추며 고추에 배추까지 자라는 어엿한 밭이 되었다.

아장아장 걸어 다니며 흙장난을 하던 아이들은 논길 산길을 뛰어다니며 그들만의 공동체를 만들고 건강하게 자랐다. 함께 노래를 부르고 그림을 그리고, 산에 눈이 쌓이면 나무 막대기를 들고 토끼를 잡겠노라 뛰어다니는 아이들을 보며, 어른들은 출퇴근의 고단함을, 교통의 불편함을, 장보기의 번거로움을 잊었다.

아무리 시골이 좋다고 해도 각기 다른 환경에서 살아오던 사람들이 한울타리 안에 모여 살다보면 갈등이 안 생길 수는 없다. 때로 의도하지 못했던 사소한 말이 상처가 되기도 하고, 작은 오해가 예기치 않은 갈등을 만들기도 했다. 함께 터를 닦은 사람이 떠나고 새로운 사람이 들어오기도 했다.

그런데 신비롭게도, 우리 마을을 둘러싸고 있는 산과 들은 상처 받은 마음을 어루만져 주었고, 남한강 습기를 살짝 머금은 저녁 바람은 쌓인 오해를 날려주었고, 수줍게 비치는 부드러운 햇살은 새로운 희망을 안겨주었다.

그렇게 유기체가 겪어야 할 변화를 조금씩 겪으면서 거북 마을은 사람이 사는 건강한 공동체로 자리 잡았다.

우리 마을 입구를 든든하게 지키고 계시는 큰 형님께서 우리의 생활을 기록하고 다듬어 시집을 내신다고 한다. 평범한 우리의 삶이 정결한 문학 작품으로 새롭게 변모할 수 있다니 감사할 뿐이다.

이 글을 쓰면서 바쁘다는 핑계로 잊고 있었던 기억을 더듬을 수 있어 좋았다.

꼬물꼬물 모래 장난을 하던 아이들이 고등학생이 되고 대학생이 되었다. 씩씩한 군인 아저씨도 되었다. 이제 곧 결혼을 하고 새로운 일가를 이루어 이 마을을 떠나겠지? 그들이 다

시 우리 마을로 돌아올까? 우리처럼 시골에 모여 아이들을
키우며 살고 싶어 할까?
이제 몇 년 지나지 않아 이 마을엔 주름진 할머니 할아버지
들만 남아 옛일을 추억하며 차를 마시게 될지도 모르겠다.
아무려면 어떻겠는가?
우리가 이렇게 좋은 곳에 모여서 서로 기대며 살고 있음이
고맙고 행복하다.

거북마을 이웃 홍은영

봄 · 이야기

봄을 앓는 것은 병이 아니다.

시즐, 봄 이야기

3월 폭설暴雪
3월, 숲의 축제
불뚝 봄
화분에 핀 꽃
봄의 아침은 새 소리로 깨어나고
쑥개떡
풀어 놓은 닭이
개구리
무논의 부활
들채 비빔밥
연산홍, 꽃 바람에
엄나무 자르기
아내의 텃밭
5월의 산책
5월의 봄비, 개구리, 까치
삼락三樂
다시 목련을 기다리며
잔디를 보는 잡초가 한마디

3월 폭설暴雪

소리 없는 사이렌이
밤새도록 울다
목이 쉬어
영어숲圄의
大鵬이 되다

大鵬의 날개 펼쳐
世上天地
한 송이
흰 연꽃처럼
피어나라

흰 백지에
마구 쓰는
青綠의 꿈
꿈틀거려
다시
일어나다

눈꽃이 먼저 핀다

봄을
기다리다 보면
행여나 하고
고운 눈꽃이 먼저 핀다.
백지에
청록의 꿈을 먼저 그린다.
미처 깨어나지 못한
나무와 사랑에 빠진다.

3월, 숲의 축제

산수유
물오른 그림자
손을 부시고

딱성냥
노오란 실바람
꽃불 당기네

활엽수 빈 가지
오솔길
빗장 열고

잠 깬 마을
놀란 하늘 따라
덩덕쿵 덩덕쿵
숲에 드네

산 딱따구리
드럼소리 따라
비트 춤을 추고

|숲에 들다

내가 사는 전원, 국수리菊秀里에서 행복한 일상 중의 하나는 뭔가 묵직하게 눌릴 때마다 뒷산을 산책하는 것이다. 전철이 뚫리고 매일 오는 마니아가 생겼을 정도로 국수리 청계산은 이제 많이 알려지게 되었다. 하지만 내 산책로는 등산로가 아닌 마을을 싸고도는 참나무, 산밤나무, 소나무, 잣나무 군락을 지나 마을 공동묘지로 해서 정자골 이웃들이 세 계절을 사는 논두렁을 지나 집으로 오는 한 시간 남짓의 야트막한 코스이다.

특히 3월은 산책을 간다는 표현보다 숲에 든다고 하는 말이 맞을 것이다.

왜냐하면, 집에서 산등성이로 오르는 참나무, 산밤나무 군락에는 낙엽이 다 떨어져 능선을 오르더라도 마을과 집이 그대로 산에 스며 마치 잠깐의 일상이 그대로 같이 산을 오르는 느낌이 들기 때문이다. 나무들은 벌써 3월이면 봄의 축제를 맞이할 준비를 한다. 껍질에 윤기가 돌고, 가지들이 부드러워지며, 검버섯인 줄 알았던 가지의 눈곱이 파르스름하게 마이크로 단위로 응축한 잎 모양새로 변해간다.

거뭇거뭇한 숲속에서 가장 먼저 꽃망울을 터뜨리는 숲의 여신은 역시 산수유이다. 말하자면 봄의 전령인 셈이다. 미처 가지의 싹이 나기도 전에 노오란 꽃다발을 길쭉길쭉한 가지에 마구 피워 댄다. 이 노오란 촛불이 숲속에 번지기 시작하면, 아 드디어 또 한 해 봄이로구나, 봄의 축제가 시작되는구나 하고 소리를 친다.

그리고 이맘때쯤, 잔 눈이 미처 녹지 못한 숲속 길은 휑하니 사람이나 마을이나 하늘에게 가슴을 풀어 헤친다. 녹음이 더 우거지지 전에 마을과 하늘이, 아삭아삭하는 발걸음 소리가 한 바탕 어울려 춤사위처럼 봄의 정령을 맞이한다.

아주 가까운 곳에서 새 집을 짓는 딱따구리 소리는 마치 바람의 드럼소리 따라 비트 춤을 추는 젊은 비보이팀 같다.

오늘은 마을도 하늘도 나도 숲에 들었다. 숲과 하나가 되어 봄을 기다린다.
드디어 올해 숲의 축제가 시작되었다.

불뚝 봄

봄볕과
언 땅이
딱.(딱한 것이)
슬.(며시)
불.(거지다)
뚝.(하다)
상사로다
바람났다

그 사이
손가락질 수근수근
팔뚝질 불끈불끈
새싹들의
입 소문
솟아나고

봄 하늘
파랗게 질려
花信指令 안고
몰래 越北하다

|생명의 힘은 상사로다

그늘에 있던 얼음이나 눈이 다 풀리더라도 4월은 춥다. 어쩌다 바람이라도 몰아치면 무심하게 가슴을 파고드는 냉기는 진저리가 난다. 그런 날이 있다. 봄이란 생각은 아직 까마득하다. 돋보기로 내리쬔 봄볕 덕에 질척거리던 땅도 어느새 냉정하게 얼굴이 굳어 버린다. 내일이 없을 듯 딱딱하다. 초록의 봄은 어디에도 없을 것 같다.

그런데 바쁜 일상 속에서 동토의 정원을 잊고 있다가 늦은 주말쯤 물이 오르는 나무 아래를 내려다보면, '아이쿠, 깜짝이야.' 새싹이 불쑥 제 손을 내밀고 악수를 청한다. 어떻게 이 연약하고 작은 것이 그 딱딱한 대지를 뚫고 제 모습을 갖추고 있을까.

이런, 바로 그 밤이다. 부슬부슬 봄비가 내리고, 열어 놓은 창으로 들어오는 잔바람에도 냉기가 힘을 잃었던 그 밤, 그 밤에 찬란하게 아름답던 봄볕과 딱딱한 땅이 밤새 연애를 했음에 틀림없다. 세레나데를 부르고, 창문을 두드리더니……바람이 난 것이다. 그러니, 딱딱한 것이 제 힘을 풀고 슬며시 불거진 것이다. 불뚝 봄이다.

한 번 터진 싹의 봇물은 야단이다. 자기들끼리 수군거리고, 서로 그 연애 사건을 손가락질하고, 아직도 대지 속에서 늦잠을 자는 친구들을 모두 깨워 일으킨다. 봄볕과 언 땅이 상사가 났다는 소문이 들로, 산으로, 들풀에서 초목까지 퍼져 나간다.

그 소문을 듣고 짝사랑하던 하늘이 파랗게 질린다. 늘 손잡고, 키스하고, 함께 뛰어다니던 햇볕 아닌가. 점점 뜨거워지는 태양을 피해 빙글빙글 뭉게구름이나 검은 꽃샘바람을 피우며 심술을 부린다. 그리고 비밀 지령을 내린다. 화신을 안고 월북하거라. 월북하여 반세기 넘게 동토가 된 왕국에 불뚝 봄을 전하거라. 질린 하늘은 우리 편이다.

화분에 핀 꽃

들로 놓인 꽃씨들은
다음 해 고삐 풀린 망아지 같다
온 뜰을 헤집고
구석구석
제 닮은 발자국을 남기며
산으로 간다

들로 나간 꽃들은
바람처럼 정원을 나가
돌아오지 않는
향기를 뿌리며
다른 들로 간다

아내가
다시 사 온
화분에서 핀 꽃
꽃말은 모르지만
들을 향해
삐쭉 고개를 내밀고
화사한 얼굴을 든다

화분에서 핀 꽃은
들을 그리워한다

꽃의 희망

꽃의 희망은
영원히 그녀의 아름다움을 간직하는 것,
그렇지만 꽃이 아름다운 이유는
그가 죽어
더 많은 아름다움을 기약하는 것,
작지만 봄을 기다리는
작고 못생긴 씨앗으로 남는 것

봄의 아침은 새 소리로 깨어나고

덜 풀린 어둠을 간질이다
간질이다
이슬 맺힌 어스름 털고
지저귀는 아침 새소리

여명을 부르다
부르다
노란 꽃잎 하나
동녘하늘부터 활짝 개화하고
꽃그늘 물고
날아가는 아침

|새소리에 새싹들이 화답하네

새가 울기 시작하면 봄이다.
새가 울기 시작하면 온갖 새싹들이 솟아난다.
비비추의 전령들이 가장 먼저 고개를 내민다.
전원에 오선지처럼 그려진
새싹들의 악보,
그 노래는 아침 새 소리를 닮아 있다.

쑥개떡

아지랑이가 사랑한 둔덕에는
여지없이 쑥 강아지 솜털 벗고 고물거리네
봄날이면 지천으로
들녘을 내리 달리는 개구쟁이들

어머님의 소쿠리
한나절 만에
포근하게 잠든 쑥강아지들 가득
주물럭주물럭 씻기고 추슬러
쑥개가 되었네

김 오르는 가마솥
베보자기 향기도 좋아라
반지르르 성견이 되어 눈을 반짝이는
쑥개떡

서로 깨물며
허기진 봄볕을 다시 사랑하네
넌 온 몸을 던진 미륵의 현신이요
난 온통 네 향을 담은 쑥대머리 꿈이고

|누굴 닮았지?

쑥개떡은 매일 차려지는 어머님 밥상을 닮았다.
질리지 않는 고향을 닮았다.
기력이 솟아나는 봄을 닮았다.
거칠지만 부드러운 할머니 약손을 닮았다.
먹지 않아도 배부른 잔칫집 음식을 닮았다.
오래 씹을수록 달콤한 초벌 다리고 난 감초를 닮았다.

개구리

개구리 해일이 밀려오고
어느 새
개구리 바다
무인도에
혼자
남다

개구리 폭풍에
모든 것이 쓸려가고
텅 빈 늦봄
평안하게
잠이
들다

|눈에 보이지 않는 합창

들리시나요?
저 요란한 소리……
어둠을 살라 먹고,
고요를 잘라 먹고,
하늘을 들었다 놓았다 하네요.

무논의 부활

세월을 잃은 겨울
수상한 정월 대보름이나
거꾸로 박힌 춘분春分 청명淸明 저 만치 지나
뿌옇게 마른 얼굴
화장을 하나

색경色鏡이 되어
색경色鏡에 비친
진녹색 아이 샤도우 쳐 바르고
밤새 바튼 기침소리
님 그리는
환절기 고뿔을 앓나

멀끔한 한 낮
부쩍 애가 단 해를 먹고
요란한 저녁 내내
개구리 소리 지천으로 내 뱉다
지쳐
온갖 풍경 담은 정물화가 되다

검게 그을린 농부 이씨
사업 접고 내려온 한씨
논두렁에서 모두 하얗게 반짝이고
웃자란 모가
한 귀퉁이
치어처럼 급한 숨을 몰아쉬다

|야, 호수다

겨울 마른 논이 물을 품네요.
찰랑찰랑 물을 품으면 그 무논은 산을 품고 마을을 품네요.
마을을 품고, 산을 품으면
개구리 소리가 울리고, 신록으로 가득 차네요.
검은 그림자가 푸른 얼굴로 부활하고,
무논의 한 해 연극은 찬란하게 시작됩니다.
꼬맹이들이 가방을 질질 끌며 학교 가다가 소리칩니다.
야, 우리 동네 호수다.
호수가 되었다.

봄야채 비빔밥

미안하다 씀바귀야
미안하다 엄나무야
미안하다 두릅나무야
미안하다 돋나물아
미안하다 민들레야
미안하다 취나물아
미안하다 산마늘아
미안하다 새똥나물아
미안하다 곰취나물아
미안하다 가시오가피나무야
미안하다 달래야
미안하다 둥글래야
미안하다 비비추야
미안하다 질경이야

오늘 정원에서
고개를 내밀다 들킨 새싹
내게 잡혀 온 들의 포로들

잘 씻어
잘 구슬려
들기름 넣고
양념 고추장 넣고
유정란 하나 프라이 해 넣고
썩썩 비벼
입에 한입 듬뿍 떠 넣으니
극락이 따로 없네

나 또한 미안한
들풀이네

|봄의 성찬

이건
대마왕을 물리친
신록왕의 성찬이다.

들채 비빔밥

들꽃 쫓다
저물녘 막걸리 한 탱기
카~하고 쏟아지는 나른한 어둠이
문지방에 걸리다

종종걸음 아내
들, 나물 건너, 고소한 하루
비비고 비비고
살같이 비벼진 하루

봄은 밥이다

아내가 봄 뜰로 나가자, 들이 거실로 들어왔다.
따스한 양지쪽에 무진장 벌어지는 진수성찬, 늦봄은 삶의 잔치요 축제이다.
흙 몽둥이가 된 몸빼 바지 속에 꿈틀거리는 아내의 실루엣이 꽃과 같다.
주말마다 벌어지는 페스티벌에 시간은 짧고, 매주 다른 프로그램에 봄이 가는지를 모른다. 꽃잎 따 꽃차 담그기, 하얗게 쏟아지는 산벚꽃 쓸기, 엄나무, 가시오가피나무, 두릅나무 새순 따기, 조팝나무 하얀 꽃 왕관 만들기, 매실 꽃 솎아주기, 산마늘, 벌개미취, 씀바귀, 쑥, 민들레, 왕고들배기, 달래, 원추리, 돋나물에 당귀 잎까지……
흠뻑 밴 잠방이를 벗어 나무에 걸고, 뽀얀 생 막걸리를 한 잔 친다. 묵은 김치볶음과 부추김치, 방울토마토 안주. 카~하고 한 잔, 두 잔, 석 간을 마시고 들을 내다보니 온통 신록이다. 신록은 자연의 혈액이다. 내 심장은 하얗게 빛나는 햇살을 수혈한다.
붉은 해를 거르며, 나른한 일몰이 슬며시 대문을 넘어온다. 아내의 하얀 두 발을 보고 깜짝 문지방에 걸린다.
그래, 오늘 저녁은 들나물 비빔밥이다.
솎거나 딴 들나물을 큰 양푼에 넣고, 강된장 찌개를 끓인다.
들기름 넣고, 벌건 고추장 넣고 썩썩 비비는 하루.
나무 주걱으로 비비는 비빔밥의 식감은 군침보다도 깊다.
비비고, 비비고. 얼마나 비벼 온 인생인가.
오늘만큼은 비벼진 하루가 모두 살이 되나 보다.
시골에서의 봄은 맛있는 밥이다.

영산홍, 꽃바람에

열꽃이 피네
이 맘 때쯤이면

홍역처럼
면역이 생길 만도 한데

홍진紅疹, 백진白疹, 분홍진粉紅疹에
열꽃이 피네

영산홍 꽃바람에
다른 풍경 눈이 멀고

엄나무 자르기

무조건 하늘로 자라는
가시 도깨비 뿔 메질이 두려워
목장갑 세 켤레 끼고
오늘 너의 뿔을 자른다

녹각처럼 처마 밑에 달아놓고
오며 가며
방목한 세월의 크기를 알겠다
시간의 두려움을 알겠다

진땀 흐르는 삼복더위쯤
토종닭에 네 녹각 잘게 썰어 넣고
엄나무 삼계탕 몸보신 생각에
불쑥 온 몸에 가시 각을 세우며 자라는
도깨비 너를 또 잊는구나

아내의 텃밭

팔자가 그러려니
손금 본 지도 오래 되었지만
명줄은 길고 재산을 그저 그렇고
그런 아내
시골에 내려와
크지도 작지도 않은 정원 구석구석
손금 분할만큼 빤한
텃밭 일궈 놓고
고추 모 여섯 개, 가지 두 개, 토마토 네 개
그 사이 봄바람 같은 파 새싹 간지럽고
근대나 아욱
오이 세 개, 상추 여섯 개
이놈들이 연출할 여름 밥상 못내 궁금해
슬며시 쇠비름이나 잡초를 잡아낸다

욕심 근심 버리고
아내의 매서운 손끝으로 다듬어 놓은
손바닥만한 텃밭 바라보면

|내 사랑 지니

아침마다 싱싱한 봄기운을 모셔 오는
아내의 비밀 창고.
없는 것 빼고 다 있고,
매일 매일 새로운 메뉴 만드는
알라딘의 요술 램프.

5월의 산책

산등성이 굽은 등
신록으로 감추었다
푸른 정맥처럼 안으로 흐르는 오솔길 따라
오르내림도 잊고
자꾸 헛 내딛는 발걸음은
오월 짙은 향내에 빠져 있다
오십 되도록
내 가슴에 이런 향
품었던 적 있는가
수종樹種은 사람처럼 섞여 있어도
공평하게 하늘을 나누어 사는
오월의 지혜

길 따라
산새 소리 이어지고
내 발자국은 높은음자리

5월의 봄비, 개구리, 까치

비가 모처럼 장대처럼 내려꽂히기에
깜짝 놀라 창문을 열어 제꼈더니

앞가슴 부푼
봄 처녀
산발하고 산을 오르고

호수가 된 논 개구락지
죽겠다고 소리 지르며 용두질 하네

흠뻑 젖은 까치 가족은
왜 울어 제끼는고

이 비에
꽃 손님 올 리도 없을 터

영산홍 울타리

마음을 풀어 놓는 울타리를 아시나요
깊은 봄
영산홍 울타리는
주인이나 나그네나
경계를 허물어 버리는
춘정의 불길이라네

영산홍
꽃바람은
작은 정원의 신록을 불 지르는
불쏘시개라네

풀어 놓은 닭이

부화하여 흩날리던 노란 꽃잎 중 몇
붉은 벼슬을 달았다고
풀어놓은 것은 아니다

씨가 씨를 낳고
그 씨가 날개를 달며
사는 게 당연한 것이거늘

조류독감에도 불구하고
숫하게 육질로만 만나는
켄터키 프라이드치킨은
케이에프씨 할아버지나
롯데리아 맥도날드 깔끔한 웨이터들이
거저 손으로 만드는 것이라고 생각한다

겨우내 남씨네 넓디넓은 텃밭은
군데군데 짚단을 던져 양계 목장이 되었고
성근 울타리 너머
붉은 벼슬은 부지런히 새벽을 알리고
씨암탉들은 튼튼한 유정란을 마구 낳는다

씨가 씨를 낳고
붉은 벼슬이 태양을 깨우는
이상 기후의 시대에 만나는
비이상적인 즐거움의 푸득거림

삼락三樂

힘들 땐
잡초들이 충고하고

기쁠 땐
계절 새 축하하고

외로울 땐
들꽃들이 벗을 하네

|최고의 예술

어쩌면 전원에 사는 최고의 삼락은
두 번 다시 되풀이되지 않는 최고의 교향악을 듣는 것
이 세상에 유일한 최고의 걸작을 보는 것
그리고 이 세상에서 가장 완벽한
우주의 조화를 직접 경험하는 것

다시 목련을 기다리며

그 나무 아래
빈 벤치에
젊은 연인들의 사랑 찾아와
볼록 렌즈 초점처럼 모여
까맣게 타 들어 가며
누런 들에 불을 붙일 때쯤
환상의 하얀 나비
태양을 희롱하며
네게 날아와 앉네

짧은 첫 사랑
향긋한 꽃 휴지
코 풀어 던져 놓고
연인들이 떠난 벤치에
지독한 봄비 내리면

다시 또 한 해
목련을 기다리며
신록의 숲으로
떠난다네

|별이 내려와 앉은 나무

밤마다 반짝이던 큰 별들 중에
짝사랑에 실패한 별들만 귀양 와 있다.
낮에도 반작이는 찬란한 별
기다림에 지쳐 빛을 잃어 간다.
그 별 모두 하늘로 떠나고
떠난 자리에는 푸른 샘이 잎처럼 돋았다.

잔디를 보는 잡초가 한 마디

넌 키워지는 놈
난 버려지는 몸
정원의 경계는 키워지는 것과 버려지는 것 사이
무엇이 아름답지?

키워지는 네 놈은 강한 듯 약하고
버려지는 이 몸은 약한 듯 강하지

그늘이 깊어지고
바람이 거세지고
운우雲雨가 불규칙하면
버려지는 이 몸들의 세상이야

이 세상 예술이
키워지는 놈들의 규율 때문인지
버려지는 이 몸의 파괴 때문인지
잘 생각해 보렴

잔디 정원에서 뽑혀지는 잡초가 한 마디

모두가 여름에 뛰어들었다.

시즐, 여름이야기

여름 폭우가 눈을 감다
어느 여름 아침
오복五福—이빨 같은 옥수수
옥수수 시음
자두나무
자두, 베어물다
숨은 딸기 따기
잔디 깎기
국수리에 내리는 폭우
앵두따기
폭염이
소나기
밤비
장마1
장마2
장마에 든 남한강
줄장미, 소나기를 만나다
다시 원두막에서
말복末伏의 침묵

여름 폭우가 눈을 감다

눈먼
지팡이 하나 더듬거리다가
속절을 알 수 없는 전쟁에
뛰어든 피아彼我
시간의 늪에서
검버섯이 자라다
하늘을 덮다

마구
쏘아 대는 화살
피할 길 없는 토룡土龍의 꿈틀거림
죽은 피
산하山河에 튀고
승천하지 못한 용龍
사람을 덮치다

폭우 장군
눈을 감고
제 길을 가다
천.지.전.쟁.간.극.인.간.만.세.!!!

어느 여름 아침

거실의 열정과
정원의 냉정 사이
창 방충망에 맺힌
눈물에
해님이 매달린다
산새소리 매달린다
멍하니 덜 깬
아이들 눈망울이 매달린다

그렇게 시작되는
녹음의 하루

오복五福, 이빨 같은 옥수수

이빨이 이빨을 노래하고
하얀 소탈 웃음 고르게 박힌
食.色.財.名.壽. 넘 물어뜯네

생명[壽]은 하늘의 뜻이며
부귀富貴는 짧고 유한하며
강령康寧은 바람처럼 물처럼 흐르는데
무얼 걱정하리
축덕蓄德이야 마음과 재능이 넓고 깊어야 하고
[攸好德]
천수天壽를 누리는 것은 제 운명이라 하는데
[考終命]
자네 어디 그리 바삐 가는가

밝은 폭우로 가득 차고

어느 바람이 낳은 아들
수염 달린 노인네가 되었으니
이제 서로 마주해
지난 세월 드러내고 웃으며
허허 (맛있어)
五福 子孫萬代 나누세

|잘두 생겼수

보기만 해도 기분 좋은 시골 옥수수
쪽 고른 이를 배시시 뱉어낸다.
옷을 벗기 전에는 할아버지(수염),
옷을 벗고 나면 앳된 아이,
누구에게나 말을 걸어주는
따뜻한 어머니.

옥수수 시음

변칙의 한 여름
장마와 태풍, 땡볕 속에서도
놓칠세라 칭칭 동여
허리춤에 업고 있던
푸른 방망이 하나

억지로 떼어
벗겨 보니
수염 난 잘 익은 핫도그일세

미안하다 인사하고
자네 수염 잡아당겨
신나는 포만의 하모니카를 부네

자두나무

내심
정원 자두나무에
주렁주렁 자두가 달려
하루 종일 시큼하도록
한 계절 신물 나게
오며 가며
자두 깨물길 바라는데

올해도
성한 자두
딱 하나
얼른 따
깨무니
반은 내 것인데
반은 자두벌레
내 몫은 시린데
벌레 몫은 달콤하네

무공해
자두가 없는
자두나무의 변명

자두, 베어 물다

몽돌이란 게 해변에만 있는 것은 아니다
山川 바라보며
장승처럼 뭇 소문을 키우는 나무
움직이지 못하는 자두나무에도 몽돌이 있다

구르고 굴러 제 몸을 깎는 것이야
내에 던져진 돌이라면 누구든 못하랴
구르지 못하고 땅에 박혀 하늘을 우러르는 자두나무
이놈도 제 몸을 깎아 몽돌을 빚는다

옴만한 푸른 생각 일상에 던져
붉으락푸르락 밀고 당기는 바람과 비 무진장無盡藏의
계절 지나
복사뼈나 사내 목뼈처럼 불거진 몽돌
이 망가진 천병喘病의 시대
울컥하고 내 뱉는 한 덩어리 혈담血痰 같은

하고 싶은 말이야 누구나 많겠지만
묵묵부답 몽돌을 입에 물다

|한 번도 사랑하지 못한 과실에 대한 미안함

무릇 색과 맛을 갖춘 과실을 얻기 위해서는 적어도 옅은 농약이라도 몇
번 뿌려야 하고, 일탈된 기후를 위해 과실봉지라도 씌워야 한다.
전문적으로 농사를 짓는 이웃들의 잔소리다.
뜰에 예쁜 자두나무가 하나 있었다.
한 때 꽃향기보다 더 강한 젊음을 나누던 후배가 전원에 집을 짓고 뜰이
허허할 때 집들이 선물이라고 가지고 온 나무이다. 나무 하나라도 아쉽고
귀한 터라 아무 것도 모르고 가장 가까운 뜰에 심었다.
그 뜻에 보답하듯 제어하기 어려울 정도로 자랐고, 봄에는 주먹만 한 예
쁜 꽃을 피웠으며, 탐스런 자두를 열었다.
한 가마니는 따겠는데. 한 가마니 따면, 한 말은 자네에게 보내지.
농담이 아닐 정도로 튼실하게 자라는 자두나무였다.
그런데 웬걸. 뜨거운 6월의 햇살에 잎은 오그람병에 걸렸고, 자두가 익
기 전에 까치가 쪼아 댔고, 그나마 탐스럽게 익은 자두를 따 베어 물면
하얀 애벌레가 꿈틀거리며 입술에 걸렸다.
자두는, 푸른 신록이라는 해변에 그저 스르릉스르릉 닳아 가는 몽돌이었다.
자두나무는 그 몽돌을 키우는 시지푸스의 신화였다.
한 해 주렁주렁 달았던 그 몽돌이 모두 낙과로 떨어지거나, 벌, 나비가
무른 과실에 붙어 한 바탕 잔치를 하고 나면, 6월 초여름의 뙤약볕은 짙
은 잎의 그늘로 덮였다. 한 계절 신록이란 거센 밀물의 함성처럼.
또 한 해 기다린 시간에 대해 할 말이 많았지만, 그 당시 나는 너무 바빴
고, 그 과정을 보는 것조차 큰 행복이었다. 결국 그 나무는 베어내고 말
았다.

숨은 딸기 따기

자라건 말건 내버려두고
그래도 흘끔흘끔 곁눈질하면
꼭 수풀에서 생색내며 손을 드는
잘난 척하는 꼬맹이가 있다

하얀 꽃 흐드러지게 피었었다
그 즈음
몸 불어버린 변성기 아이의
첫 몽정처럼

풀섶 하얀 뭉치 군데군데 묻혀 두고
부끄러워 그늘에 숨으려는
주근깨 시골 아이거니 했다

유월 어느 날
뙤약볕에 벌겋게 익은
불두덩이 불끈한
불덩이가 될 줄이야 알았나

앗 뜨거
풀섶 뒤지며
잘 익은 얼굴들 눈 맞추며
등골이 찌릿하게
달콤 새콤 그 사랑 따는 맛

그 풀섶 손을 넣으면
푸드득 하고 전해오는 생명의 뜨거움

국수리에 내리는 폭우

국수리 사람들
양떼 같지
한 눈 가득 논배미
윗째 비탈 굽은 텃밭
푸르름 베어 먹는 양떼 같지

국수리 폭우는
늑대 같아
으르렁 논둑 할퀴고
윗째 텃밭 잘라먹고
청계산 번개처럼 잽싸게 내뺐다네

잔디 깎기

무어 쫑알거리고
자라는 게 그리 많은 지

늦봄부터 초가을까지
그래 내가 졌다 졌어
두 손 들고 항복이다

그늘이 깊은 초록 바다에
상념을 방생하다

규칙적으로 기계를 돌리며
단순한 것의 반복과 반복
(그게 인생 같네)

땀으로 범벅이 되고
파르라니 백골이 드러난 정원

그래 해탈이란 어려운 거야
삭발하며 속세를 떠나는 하루야

|모범생 모습

한 나절 땀을 뻘뻘 흘리며 씨름을 하네.
다행히 멀리 도망가지는 못하네.
그저 제 머리를 맡기고 인상을 찡그리지.
괜히 멍멍이가 잔디 편을 드네.
아무리 짖어도 못들은 척……
다 깎고 나니,
어, 정말 잘 생겼네.

앵두 따기

매일
바라보다
눈병 날까
먼저
도톰한 입술
똑 따
입에 넣다

|바람아 불지 마라

저 아름다운 열정들을 어찌 나 혼자 차지하랴.
바람이 멀리 안고 가고,
개미 일개 분대가 달려 붙어 빨고,
까치가 슬며시 하나 물고 가고,
청개구리도 참지 못하고 올라와 있네.
터질까 봐 두려운 작은 입술.

폭염이

모두 벗었는데
속에 불이 붙었다

불 끄러
나무 그늘에
몸을 던지다

불 지렁이 꿈틀대며
용꿈을 꾸다

모두 짜냈는데
몸이 내가 되었다

한 소나기
봇도랑에
흙탕물을 붓다

황금 잉어 춤추며
대하大河(큰 강)로 가다

까치집은 왜 불이 나질 않지?

까맣게 타 버린 지난여름을 기억하는 사람은 많지 않다.

다시 그 계절이 어느 날 갑자기 다가와 온 몸을 태울 듯 땡볕으로 변신하고, 섬뜩한 소나기가 몰아쳐야 지난 계절의 악몽이 떠오르는 것이다.

그 더위가 점점 더 빨리 오고 변태적이다.

누구는 기후 온난화 때문이라고 하고, 또 누구는 지구 환경 파괴 때문이라고 하지만, 어찌 보면, 지구는 짧고 큰 주기를 그리며 빙하기와 용암의 폭발을 되풀이해 왔음이 자연과학사에서 드러나고 있다. 먼 과거의 지구의 역사나 미래에 다가올 재앙 같은 것은 중요하지 않을지도 모른다. 오로지 이 뜨거운 여름에 '당신'은 어디에 있느냐가 현실이다.

7월 어느 날, 사방팔방으로 창과 문이 큰 전원주택에서 모든 문이란 문은 모두 열어 제꼈음에도 집은 풀무질을 해대는 대장간 화로의 달군 쇠와 같다. 옷을 딱 하나만 걸치고 다 벗었는데도 속에서는 불이 난다. 차라리 커다란 회화나무 그늘에 멍석을 펴고, 그 위에 누우니 살 것 같다.

그 새 깜빡, 잠이 들었는데, 용꿈이 아니라 지렁이 꿈이다. 부스스한 몸을 일으키려는데, 갑자기 거센 소나기가 한 바탕 몰아친다. 울 밖 경계선을 따라 논두렁에 바짝 붙어 흔적도 없던 작은 봇도랑이 미친 듯이 붉은 물을 토해낸다.

멀리 남한강은 짙은 회색 운무에 쌓여 있고, 그 세계와 나를 연결해 주는 것은 금방 내린 소나기로 가득 차 흐르는 흙탕물이다. 누런 황금 잉어가 꿈틀대며 피안의 세계로 헤엄쳐 간다. 진정 인생은 한바탕 꿈이란 말인가?

소나기

하늘이 꺼져
용궁에 들다

일상어日常魚 비늘 번쩍이며 튀고
뭍으로 나갈 길을 찾다

한 칼 참으면 영락인데
한 걸음 참지 못해 물귀신 되다

한 졸음 습지에 묻으니
물방개나 물잠자리 되어 날다

|누구나 세안을 하는 시간

귀부인 붓꽃이 공부만 하다가
모처럼 세안을 하였다.
청순한 아름다움을 뚝뚝 찍어 시 한 수를 짓나 보다.

밤비

작은 북
큰 북
마구 두드리는
검은 고적대가 몰려 왔네
연주를 하네
내 인생은
무슨 축제였고
어떤 행사였나
마구 두드리는
북소리 외에
들리질 않네

작은 꿈
큰 꿈
마구 흔들어 대는
모노드라마가 끝이 났나
내 무대는
희극이었나
비극이었나
관객들은
보이질 않고
오 무너질 듯한
앵콜의 커튼 콜
박수소리

장마1

２층 창문 꼭대기까지
개미가 올라가더니
２층 지붕까지
빼꼼 하도록 비가 내리네

개미와 벌레와
비와 습기와
숲과 산과 들과
웃통을 확확 벗어던지고
한 몸이 되는 계절

장마2

짙은 사선
수감된 죄인
영어의 몸
곰팡이 피다
푸른곰팡이가 피다

푸른곰팡이처럼
자란
풀숲 나무 뜰
일상 탈출을 포기하고
내내 꿈속에 들다

창살 너머
슬며시 편지 전하는
솔새 한 쌍
어 오늘 며칠이지
시작은 있는데
끝이 없네

|세상이 작아지네

장마 때는 무대가 작아지네.
아니, 무대의 막을 내리고
배우들은 저 안쪽 어디서 라면이나 끓여 먹나?
짙은 물 냄새, 안개 냄새가 훅 하고 끼쳐 온다.

장마에 든 남한강

물그림자
놀라
푸드득
수리매 날개 짓 되다

호오이 호오이
볼기 채찍 맞으며
이 산 저 산
마구 달려온
적토마

산정
배꼽에서 가슴으로
가슴에서 목까지
몰아쉬며
날뛰는
거친
숨길

줄장미, 소나기를 만나다

예고 없던 벼락 손님
꽃 사람 소개疏開하고
벌 나비 소개疏開하고
향 바람 소개疏開하고

새치름한 붉은 울음
한 줄기
세찬 어둠 속에 들다
질투 속에 들다

시샘 속에
가시 날이 곧추 서고
사랑 같은 꽃말 더듬다
못 내
제 가슴 뜯어
편지를 쓰다
뜨.거.운.
여.름.
이.젠.
안.
녕.

|줄장미의 사랑

누가 뭐라고 하지 않아도 시골의 작고 큰 공간에 자리 잡은 잡초, 꽃, 나무, 약초, 허브 등은 묵묵히 제 역할에 충실하다. 마치 오랫동안 그 자리에서 제 모습을 다듬어 왔고, 앞으로도 그 시간이 되면 그렇게 불쑥 제 존재감을 보여 주겠다는 식이다. 백지 화폭 같은 벽이 허전해 옆으로 심어 놓은 줄장미가 그런 셈이다.

어느 새 죽죽 줄기를 뻗고, 암팡진 꽃대를 내고, 그러다가 온통 붉디붉은 활활 타오르는 불덩이를 매단다. 그 불덩이가 얼마나 위험한지는 그 녀석이 달고 있는 근위병, 검붉고 삐죽한 가시를 보면 금방 알 수 있다. 이 녀석 향을 방으로 불러들여 놀아볼까 하고 집적대다가 손에 온통 상처만 입고 말았다.

그냥 두고 아침저녁으로, 왔다 갔다 하며, 완상玩賞하다가 어느 날 그 고고함도 임자를 만났다. 한 치 앞을 내다 볼 수 없는 소나기가 한 바탕 쏟아 붓더니, 붉은 꽃잎은 멀리 아랫집까지 흘러가고, 기다란 줄기가 바닥에 넙죽하게 엎어져 뾰족한 가시만 독이 올라 표독하게 경계경보를 울리고 있다.

사랑, 내 장미, 제 가슴을 뜯어 그 동안 고백하지 못한 편지를 쓰고 있다.

뜨거운 여름이여, 이젠 안녕이라고.

말복末伏의 침묵

동네 견공의 침묵마저
마지막 태양의 열기로 타 버리다
마루 끝 잦은 부채질도
땀으로 녹아 흐르고
충혈 된 눈
헛바람
가물거리는 허기
모두
뒤집혀
견공의 저승사자가 되다
불.쌍.타
하루 지킴이의 默言

|하루가 길다나

땡볕에서 지친 것이 어디 황구뿐이랴.
데크에 나가 있는 화초들도 말이 없다.
말복을 넘기면, 여름은 간다나.

다시 원두막에서

오~
격정激情의 외씨 심은 동구 밖
장대 같은 소나기 기둥
천둥 장막 치고
원두막에 다시 서다

호~
고독한 여름은 노오란 풍선 물고
쓰르라미 뭇처럼 부풀리며
피에로 딸기코처럼
커가는구나

하~
어설픈 꿈은 진땀으로 남고
돌장승 부릅뜬 눈
솟대 기러기 한 마리
정오正午를 날다

아무도
찾지 않는
무릉도원武陵桃源

가을 · 이야기

색의 마술사들이 축제를 시작했다.

시즐, 가을 이야기

창과 9월 새벽
처서 지나 정원 풀베기
이 가을, 휴일 늦잠
무서리 내린 날
낙엽소고落葉小考
낙엽을 쓸다
낙엽
추석
가을 풍경
가을 보또랑
섬이 된 즐거움
전시회 같은 풍경風景
호박이 전해준 이야기
호박 너 같은 놈아
무말랭이처럼
늦가을 후박나무 꽃
아들과 떨감을 따다
떨감나무
모과만 남다
모과가 썩다

창과 9월 새벽

독경讀經같은 9월 새벽이 일어나 창을 열었나
만삭의 달 창에 걸려 나무 그림자 하얗게 부시고
어둠에
흠뻑 젖은 꿈
자명종自鳴鐘처럼 깨 만경창파
아침마다 배를 띄우는 만선소망滿船所望

창은 가을 새벽을 위해 만들어 졌나
파발마처럼 달리던 풀벌레 소리 창에 부딪혀 장렬히 전
사하고
여명에
드리워진 새소리
아슴푸레 분홍색 커튼을 달면
아침마다 열어제끼는 천지창조天地創造

| 무위의 제국

창을 열면
어디서나
무위의 제국
근엄한 근위병들의
열병식이 열린다.

처서 지난 정원 풀베기

한 세월 살았다고
목이 빳빳한들
어쩌겠니
네 놈들 목을 내 놓으렴
마른 가을 땡볕 줄께
땡볕으로 코팅한 초상화 줄께

살다 보니 민중이 되었다고
반란의 누런 깃발 들고
대들면 어떡하니
네 놈들 아우성을 내 놓으렴
짝짓기 바쁜 가을 밤
밤이슬에 잠긴 평화 내려 줄께

미친 대추나무

워낙
단단하기로 소문난 대추나무
꽃도 늦게 피어
초록에서 붉게 물드는 대추알은
가을을 알리는 모래시계 같지

워낙
단단해서인지 한 번 미치면
병을 고칠 방법이 없어
집집마다 미친 대추나무 때문에
머리가 아프다네

차라리
벼락이라도 맞으면
베어서 행운을 준다는 도장이라도 팔 텐데
미친 대추나무 아래서
머리를 풀어 헤친 대추나무 잎을 보네

세상이
하도 수상하니
대추나무가 미친 거라고
미친 대추나무는
어쩔 수 없이 베어 버려야 한다고

미친 세상을 짚고 다닐
울퉁불퉁 단단한
대추나무 지팡이 하나 생겼네

이 가을, 휴일 늦잠

저
가을 햇볕이
동네 일곱 바퀴 쯤 돌았겠지

이른 아침 논물 빼러 간 병삼이
고추 섬 널던 남씨네
콩 털러 간 영철 형님
우시장 소 끌고 간 이장님
벌써 한 나절 곁두리 지나
대포 한 잔 걸쳤겠지

마른 몸에 붉은 벼슬 단
잡풀들
산바람에
툭 하고 제 분신 터뜨리며
절정으로 출렁이고

빈 휴일
늦잠 자는 사이

저
황금 들녘
한 세월 독하게 물들었겠지

|생활 곳곳에 스며든 가을의 전령

시골에 살면 늦잠이 짐이 된다.

농사짓는 이웃들은 항상 해가 뜨기 한 시간 전 일을 시작해 해가 지면 집
으로 돌아가기 때문이다.

대처에서 일하는 출퇴근족에게는 일주일씩 출근하는 5일이 쉰 개의 묶음
으로 있지만, 시골 이웃들은 봄, 여름, 가을, 겨울 사계절이 한 뭉치의
세월이다. 토요일, 일요일이 없다. 그래서 토요일, 일요일은 일상과 부
딪치는 날들이다. 그것도 즐거움일 것이다.

모처럼 늦잠을 자고 나면 가을 햇볕은 미안할 정도로 높고 따갑다. 아내
와 늦은 아침에 커피 한 잔을 들고 데크로 나오면, 햇볕은 벌써 동네 일
곱 바퀴쯤 돌고 제자리에 와 있다. 추수하는 들녘은 경운기 소리, 타작
소리, 떠드는 소리, 거기에 까막까치의 장단까지 요란하다.

살아 있는 것들의 풍요로운 잔치소리다. 각양각색의 들풀들도 또 한해 마
무리 채비를 한다. 모두 다른 열매들을 울긋불긋하게 달고 바람이 불 때
마다 터뜨리고 퍼져 나간다. 저마다 숨바꼭질을 하는 시기가 온 것이다.
그 많은 생명들이 모두 어디로 숨으려 하는지, 숨었다가 또 다른 세월에
찬란하게 나타날 것인지, 궁금하고 신기하기도 하다.

사는 것은 독한 것이다.

독하게 즐기는 것이다.

그렇게 가는 것이다.

가을이다.

무서리 내린 날

유리 성城에
태양이 뜨니
마귀의 요술에서 온 세상이 깨어나다

비각匕角으로 깨지는
유리 종鐘을 흔들며
들과 산으로 내달리는 은銀마차 비명소리

|어둠의 꽃이 내려

밤새
어둠의 꽃이 흠뻑 내려
세상을
은으로 코팅하였다.

낙엽소고 落葉小考

그 많던 꽃들
어디로 갔나
꽃은 보이지 않고
여왕 떠받들던 짙푸른 군중,
꽃잎 흉내 내다
노랗게 질려
혹은 붉게 제 몸 태우며
때론 바싹 마른 가슴을
허공에 던져
깊고 거친 바람에 익사하네
오 아름다운
순절殉節이여!

|흘러내린 옷

어, 내 옷,
오줌을 쌌는지
고무줄이 끊어졌는지
속옷까지 벗어 버린 어린 자귀나무가
바람을 쓰고
울고 있네.

낙엽을 쓸다

나무들이 짖어대다
털갈이 하는 시간

엑스레이 사진 풍경이
정원마다 걸려 있다

처방문처럼 갈짓자로
내려 쓴 바람의 기호

감추었던 상흔 짚으로 처매고
수술할 부위 진흙을 바른다

나무들이 웃어 대다
마스크를 쓰는 시간

낙엽

내 마음도
손 뚝 떼고
발 쑥 빼고
머리 휙 날리며
다음 한 계절
단순하게 쉴 수 있다면

나무의 거룩한 이름으로
숨을 멈추고
착하고 곧은 생각만
깊이깊이 뻗으며
한 시절
헐벗은 하늘 무심코 쳐다보며……

내 마음도
붉은 색 열정 불 지르고
노란 색 현기증 날리며
알 수 없는 五方色
지천으로 덮고
긴 겨울잠에 빠질 수 있다면

가을의 엄숙한 이름으로
바랑을 메고
무성하고 찬란했던 시간
속절없이 날리며
또 한 시절
정처 없이 떠나는 어느 날……

추석

큰 눈 하나
우리를 지켜보고 있구나
미안하다
네게 눈물을 보임을
네 눈에 티겁을 넣고
짙은 안개처럼
먹구름처럼
네 눈에 안대를 가리고
내일을 믿지 못해
깊은 잠에 빠져 있음을

그래도
눈 한 번
깜빡이지 않고
바라 보아주니
정말 고맙구나
슬프도록
고맙구나

 시즐, 가을 이야기

|큰 공 하나

잊고 살다
한가위가 되면
내 머리 위에도 큰 공 하나 떠 있고
그 공으로 잘 살고 있구나
열심히 살아야지
작은 것 하나
빌어 본다

가을 풍경

가을 들판은
돌려 막는 샐러리맨 신용카드처럼 거룩하다

빚쟁이처럼 싸늘한 새벽을
집달리처럼 밀려드는 안개를
크고 작은 카드로 막고 있다

검게 마른 농부의
가슴 지갑에 넣은
황금 카드

한장 한장 꺼내며
바라보는 황금 들판

가을 보또랑

무인년 십년 전에는
이 보또랑이 제법 정맥 정도가 되었나 보다
콸콸 흐르는 내치는 그 힘이 그랬거니와
그 흐름에 무어 그리 많이 담고 있는지
가재나 피래미, 버들치, 끄리가 지천이었고
둠벙에는 푸드득하고 참붕어도 가끔씩 물에 흙 연막을 쳤
다

십년이 흐른 무자년 정자골 보또랑은 실핏줄이 되었다
어쩌다 폭우라도 내린 날이면 몇 칠 미친놈처럼 동구
밖으로 내리 달리며 한강이 코앞이라고 지랄하다가도
어느 새 땡볕에 동댕이친 거머리처럼 슬며시 물줄기를
줄이다가 끝내 잡초 속에 숨어 버려 엠병 이놈이 보또
랑인지 잡초밭인지 알 수가 없다

시큰둥하게 그 보또랑을 오고 가며 나 또한 저 세상의
실핏줄이 되었는지 살았는지 죽었는지 모르게 그렇게
매일 큰 사건만 터지는 지구촌을 경외와 공포의 눈으로
쳐다보며 잡초를 키우고 있었다
보또랑이 흐르는지 마는지
어느 새 살아 있는 것은 흔적도 없고
그저 옛 흔적이 보또랑인지 알았다

어느 안개 낀 날 분명히 보았다
십년이 흘러 동맥이 실핏줄이 되었지만
동맥처럼 독초들을 안고 소리치며 흐르는 유유한 보또
랑을 보았다
보또랑을 점령한 여뀌가 꽃을 피워 희고 붉은 꽃물이
흐르고 있었다
꽃물은 소리 없이 흐르지만
그 속에 들고양이, 다람쥐, 청솔모, 두더지, 들쥐, 족제
비 등이 소리치며 흐르고
살고 죽이는 먹이 사슬을 형성해 저 세상으로 흐르고
있음을……

섬이 된 즐거움

가을비가 오는 어느 날
나는 천애天涯의 고도孤島가 되었다

사방 출렁이는 파도와
분간 할 수 없는 안개
지독한 도시의 바다
깨칠 수 없는 단애斷崖

아무도
아무도 모르는
무인도가 되니
숲과 산과 들이 노래하기 시작했다

|여기가 어디냐구요?

도시를 떠난 전원이고
오늘은 무인도
섬입니다.
도라지꽃
붉은 옻나무 단풍이
비안개 속에 갇혀
아무 것도 보이지 않습니다.

전시회 같은 풍경風景

산경山景
수경水景
풍경風景
진경珍景
만경卍景

경景이 병풍屏風을 두르니
가을볕이 조명을 틀다

이 전시회
난
객客일까
주인主人일까

호박이 전해 준 이야기

봄바람에 피는 무수한 꽃들 중 아무도 관심을 안 두기
에 실한 열매를 맺을 수 있었노라고
튼실한 나팔소리에 벌과 나비가 춤추고
새순은 강철 같았노라고
그리하여 들판 어느 곳이건 낮은 포복으로 기어가 기어
코 둔덕을 점령하는 땅개였다고
최종 승리의 깃발을 꽂는 보병이었다고
폭우나 폭풍이 몰아치면 오히려 함께 멍든 가슴을 씻고
멍든 만큼 생각이 자라는 하안거에 든 스님이었다고
오 그리하여 아찔한 해탈을 재촉하는 쓰르라미 소리
요란한 어느 늦가을
내 팔과 다리, 육신은 오그라들어 말라 버리고
그 마른 땅에 황금빛 후광만 보름달처럼 떠올라
한 아름 안락과 기쁨을 안겨 주는 둥글둥글한 인생이라고
호박씨 같이 고소한 겨울이 되겠노라고
꿀맛처럼 열반에 든 삶이 거기 있노라고

호박 너 같은 놈아

사랑 없어도
저 혼자 크는 놈 있더라

눈에 벗어난
거친 잡초 덤불
그 속에서 야심 키우는 놈 있더라

더 단단하고 야물게

누가 뭐라 해도
저 혼자 여무는 놈 있더라

제 멋대로 몸집 불리며
깜짝 놀람의 스파클링

그저 보기만 해도 아찔한
보물 같은 놈 있더라

호박 가족

된서리로 마른 호박 줄기를 쫓다가
까맣게 잊고 있던 호박 덩이들을 추수합니다.
추수라기보다 보물찾기처럼 발견한 보물들입니다.
눈이 펑펑 내리는 날 호박범벅이라도 준비하겠습니다.
그 달콤함은 그저 자연의 선물, 신의 축복이라고 생각합니다.
왠지 이 거친 호박들에게 미안하고, 죄송하고, 송구스러웠습
니다.
우리 집 새 식구가 된 호박을 소개합니다.

무말랭이처럼

순백의 하루가 서글펐다
청록과 순백의 이분법으로 버티기에
너무 건조한 세상
사막에서 살 수 있는 방법을 찾아야 했다
노 할머니 날이 선 대칼
하루 종일 싹둑거리고 자른
순백의 계절
시원한 청량감 다 버리고
달콤 매콤한 입맛 다 버리고
아삭한 맵씨 다 버리고
늦가을 반짝 볕에
나는 자꾸 몸을 움츠리며 졸아드는
자폐증 환자
똘똘 뭉친 오기가 소리 지르다
오징어 구운 다리가 되었다
양념처럼 붉고 하얀 마른 장아찌
그렇게 겨우 내내 너의 가난한 밥상을 지키리라
어떤 무침에도 기꺼이
내 몸을 내주며
씹어도 씹어도
쉽게 씹히지 않는
강한 놈이
되리라

|불균형의 균형

사는 게 불완전하다고 불평하지 마라.
인류 역사상 한 번도 완전한 평등, 완벽한 시간은 없었다.
그저 제 몸 찢어져 저 닮은 듯 살아갈 수 있음에 감사하라.
누군가 필요로 하는 것이 된다는 것,
누구에게 영양가 있는 반찬이 된다는 것,
적어도 상하지 않고 보존되는 마음을 가지고 있다는 것,
이 가을 땡볕에 적절하게, 꼬들꼬들하게 말라 가는
그 무엇이 된다는 것,
그건 꽤 큰 행복이라는 것.

늦가을 후박나무 꽃

세상이 미치면
자연이 먼저 미친 짓을 한다네

꽁지머리
씨앗 통을 잔뜩 이고
늦가을
갑자기
연분홍 꽃을 피운 후박나무

미쳤구나
미쳤구나
미쳤구나

아들과 떨감을 따다

키가 껑충 커버린
아들과 떨감 나무
마른기침 몇 번 하더니
노랗게 저녁노을에 매달렸다

매달린 것은 아빠와 떨감이고
아들은 천연덕스럽게 곧추 서서
먼데 가지까지 손을 뻗친다

허물 수 없는 단호함을 비웃으며
아들 앞에서 떨감을 한 입 베어 물고
벙어리가 되다
벙어리가 되어도 싸다

한 소쿠리
안긴 것은 아들이 아니라
너무 떫은 감이리라
아직 베어 물 수 없는 아들과

떫감나무

여름내 파랗게 질린 얼굴
땡볕과 숨바꼭질하고

때깔 고운 주황 옷
훌러덩 벗고

검붉은
사랑 중독
(하도 쳐다보아서)
물렁해진 코가 보이면

내 속의 떫 켜는
침을 담그고

세월은
한 해 끝에 걸리는구나

하얀 눈 속
동상 걸린
까치밥
한 그릇

폭탄 한 소쿠리

아직은 폭탄입니다.
입에 넣으면 벙어리가 되고
떨켜가 혀와 목을 마비시키지요.
하지만 짚 항아리에 넣고,
시간을 버무려 눈이 펄펄 내리는 날 꺼내면
얄갛게 독기를 버린
달콤한 꿀이 된답니다.

모과만 남다

하늘 끝이 시리냐
맞설 수 없는 잎 다 지고
팔뚝질 하는 골통
하나
둘 셋……
삭발하고
동안거冬安居 들 준비하다

땅 내음이 비리냐
내릴 수 있는 살 다 내리고
황달 걸린 화상畵像
작고 크고
제멋대로 울퉁불퉁
한 세월 새긴 화석이 되다

1넌 누구니?

아직도 이 녀석의 본성을 모르겠다.
나쁜 남자,
나쁜 여자처럼
나쁜 과일류에 속하나 보다.
그래도
이 녀석은 썩어 가면서도
제 향기를 고집한다.

모과가 썩다

그 단단한 놈이 단내를 풍기는 것까진 좋았는데
진물이 흐른다
물이 흐르는 것은 모두가 썩어 물처럼 흐른다
나무도 그렇고
풀도 그렇고
세상도 그렇고
사람도 그렇고
물처럼 물러 터지는 것은 모두

바위 같은 모과를 사랑하는 것은
길고 긴 생존과 향기와 고고함이 부러운 것인데
비록 쭈그러지며 부서질지언정
쉽게 제 몸을 내주지 않는 지조가 아름다운 것인데
그 놈도 썩나 보다

썩어서
제 몸을 풀어 강한 긴장을 풀어
날 파리를 부르고
서서히, 서서히 물이 되는 모습은
흙이 되는 모습은
더 향기롭다
더 아름답다
거룩하다

겨울 · 이야기

천의 얼굴을 가진 사나이

시즐, 겨울 이야기

홍시
블록 항아리 홍시
동짓달 휴가
눈 내리는 날
온 세상을 덮어라 눈아
겨울 면사포
시골 쥐와 함께
들쥐 거去하다
겨울 처마 밑
신묘년 설
신묘년을 보내며
겨울 거진

홍시 紅柿

은장도처럼
날이 선
내실
규수의 옷을 벗기다

오매,
좋은 것
아찔한 현기증
이 맛을
어찌 할꼬

불룩 항아리 홍시

대봉
날아가다 잡힌 까치 한 가족
빨갛게 부끄러워
항아리 거친 짚 속에
알을 낳았다

동지섣달
눈보라 화력 잃은 햇빛 쪼며
품고, 품고 품어
탱탱하게 언
대붕大鵬의 알

툭 터져
부화하며
甘美 천국으로 날다

동짓달 휴가

아무 생각 없이
휴가를 내어도
찾아오는 이가 많아 심심하지 않다

갑자기 동풍과 함께 정원을 점령한
흰 눈 병정
까치 쫓아내고
주인처럼 울어 대는 갈까마귀
동구 밖을 돌아 산비탈로 내어 달리고
들이 달리는 열차 소리
건너 편 남씨네
풀어놓은 씨암탉의 알 낳았다는 소리
들고양이 눈으로 몰며
요란스럽게 짖어 대는 우리 집 명견 랄라
환기통을 힘차게 돌려대는
바람의 심술

아무 생각 없이
생각 없이 조용히 쉬려고 해도
하루 종일 쉴 새 없이 돌아가는 전원의 수레바퀴

들쥐 거去하다

들쥐 같은 겨울
빨간 쥐약을 놓았다

빨강 신호등
경고에도 불구하고
나락처럼 약을 먹고
약을 쳐 먹고
거실 농 뒤편 깊숙한 곳에
목을 박고 죽은
쥐 한 마리

쉬파리 몇 마리 날리더니
이어 며칠 죽음의 냄새
온 방에 뿌리며
죽어서도
바삭대며
원수를 갚는구나

우리 서로 즐기는
죽음의 냄새
죽어라
죽어라
빨리 죽어라
온 세상 불황이라는
기축년 겨울아

눈 내리는 날

무채색 벌거숭이 무덤은 점점 커 가고
하얀 소복 입은
청상과부
고운 치마 속에
파묻혀
짙은 분향焚香 내음
기절한 듯
아찔한
하루를
사네

|정지

하나,
둘,
셋,
밤새 숫자를 세다 잠이 들었더니
그 다음날
모든 것이 멈추었다.
스톱!!!

온 세상을 덮어라 눈아

눈이 내렸으면 눈에 미치고
감사할 일이다
일기예보가 틀렸느니
갑자기 내린 눈이 인재라니
공포를 조성하며 계절을 희롱할 일은 아니다
눈이 내렸으면
감사하며 있는 그대로 만끽하며
마음으로 받아들여
수백 번, 수만 번
되풀이된 이 시간
순백의 화두를 거두거라

잠시 세상을 덮고
모든 것을 동류로 만드는
저 섭리가 얼마나 대단한가
우리 알량한 생각이나 마음으로
어찌 세상을 한 마디로 덮을 수 있겠는가

사람들아
눈이 내리면
잠시
무언의 소통에 감사하고
그 속에 더욱 빛나는 모든 사물을
사랑할 일이다
미치도록 사랑할 일이다

시골 쥐와 함께

낙엽처럼 시간이 떨어지면
한 해의 태엽이 바람소리를 내기 시작하면
시골 쥐는 날개를 단다네

여름내 들에 숨었던 검은 그림자들

들에서 집 천정天頂으로
서릿날을 피해 다용도실로
올망졸망 자라난 새끼들
사촌들 이웃들처럼
아무렇지도 않게
바람 문을 연다네

시간의 낙엽이 날리면
바람소리 헐거워진 태엽을 감기 시작하면
질색하는 아내와 아이
피하고 싶은 계절의 손님

집안 가득 말 달리는
검은 그림자들

겨울 면사포

원단아세元旦亞歲 까치호랑이
겨울 성긴 밤
하얗게 새워
잘 익은 아랫목 함박눈 사랑
속절없이 온 세상 덮네

동지섣달 설맹雪盲 지팡이
더듬더듬
벽두劈頭를 치고
이글루의 아침 청노루 태양
은근 사랑 불을 지피네

정월보름 망월이 횃대
둥근 달집
환하게 태우고
하얀 면사포 은쟁반 만선滿船
행복 싣고 귀항歸港하네

겨울 산은 새 신부라네

동짓달, 정월달에도 사랑이 뜨겁지.
그 사랑 정표를 나누며
삶은 지속되네.
새 신랑, 새 신부에게
은침을 깔아 주는 자연은.

겨울 처마 밑

끝도 기약도 없이 찢어온 달력 한 장
대청마루에 하얗게 질려 있다

널린 무청 한 꾸러미
시래기 언제 될까
시골서 부쳐 온 마늘 한 첩
속 매운바람
마른 낙엽 밀고 들어와
철새처럼
처마 밑에 집을 짓고
올 겨울 내내
웅크리고
무슨 울음을 울까
동짓달 내내

|바람의 넋

바람의 넋이
겨울에는
처마 밑
고드름으로 달린다네.
뾰족한 마음이 싫어
자꾸자꾸
눈물을 흘린다네.

신묘년 설

섣달 초하루
긴 시간은 검푸른 호수인데
기운 인생
짧은 세월은 바람 따라 풍차라네
또 한 해 문턱은 시작부터 안개이고
한 발 내디디면 알 수 없는 실종 선고

종적 끊긴 축사에는
인적마저 사라지고
요란한 까치소리
밤골 저수지 빙벽 가르네

얼기설기 진설 제상 떡국 김 오르고
종형제 빈자리엔 찬바람 들명날명
가신 조상 흑백 영정 시간이 멈춰 있고
남은 조상 어르신들 파뿌리 쓰고 있네

텅 빈 봉당 푸른 이끼
해마다 깊어 가고
기약 없는 종종걸음
세상 밖을 나서네

신묘년을 보내며

바지랑대
가득 널었던 상념의 빨래
타르초 룽다
삼백육십오일 염원의 깃발처럼 널었었다

형형색색 바람에 날리던
오~, 건조한 시간
표백된 아름다움,
풋풋하게 전해오는 마른 냄새

뜨겁게 만났던 사람들,
뙤약볕을 생각한다
번쩍 뺨을 때리고 간 천둥이나 번개
온 몸을 휘감던
우기나
장마 같은 인연
다 지난 일,
나도 누구에겐
마르지 않은 빨래였으리라

그저 빈 시간의 줄에 핀
바람의 꽃
한 송이
장대처럼 떠받힌 팽팽한 긴장의 끈
늘어지고
한 해 말리던 것들은 갠다

새해엔
바람의 꽃씨 날려
이 들꽃
군락처럼 번져 갈까

|나무에 집을 지은 풍경

쇠종도
금어도
불경 귀절을 짊어진 부적도
어느 해는
나무에 날아가
새처럼 울어대네.
그런 해가 있었네.

겨울 거진-우리 집 진돗견

살도 내리고
웃음도 거두고
명견 거진은 겨울에 맞서 있다

손바닥만 한 햇볕을 지고
얼음바닥에 발을 구르며
명견 거진은 추위를 지키고 있다

전방위 가까워진 마을로 시야를 넓히고
속이 드러난 먼 산을 건너보며
이 계절에는 동네 모든 것을 참견하고 산다

이불도 난방도 없이
마른 사료만 한 움큼 씹어 가면서도
명견 거진은 수석 경호원 임무를 수행한다

|추워?

추워?
밖으로만 돌면 그런 대로 살만 해.
난
겨울나무를 보고
참고 살거든.
걔들은 벌거벗었지만
난 털옷을 입고 있거든.

시골에 사는 즐거움

계절 밖 · 이야기

계절 밖에서 거북이처럼 산을 넘어 가는 시간

시즐, 계절 밖 이야기

알람시계
창窓
새벽에 우는 닭이
혼자 있는 토요일
시詩를 찾아온 한라봉
코카스파니엘 우리
우리 이야기
친구가 된 고양이
집 고양이가 된 들 고양이
새벽에 보는 달이
간이역
국수리로 가는 중앙전철
중앙전철 길고 긴 막차 이야기
손님
결혼 20주년
세월아, 넌 뭐 하니하니
내 나이 오십
황금연못
신년 다례
아내가 여행을 떠난 사흘

알람시계

봄 여명에 우는 찌찌새는
여름 아침 창을 두드리는 소나기는
가을 새벽을 등에 업고 오는 낙엽, 바람, 귀뚜라미는
겨울밤을 하얗게 밝히는 함박눈 초롱불은
계절마다 바꾸는 기상 알람이라네

창窓

전원생활 십 년
파란 캔버스 창호마다
사계절
디지털 풍경화를 걸었다
아무리 봐도 질리지 않네

전원생활 십 년
검은 스크린 창호마다
사계절
길고 짧은 영화를 상영한다
별이 빛나는 밤에 또는……

새벽에 우는 닭이

천지가 개벽하는
그 즈음
홰를 치는 수탉이
사물을 깨우는지
깨어난 사물이
수탉을 울리는지

매일
천지가 잠들거나
깨어나는
그 즈음

혼자 있는 토요일

아내는 미완성의 아침을 밀어 내고
출근 하고
아이가 벗어 놓은 잠옷
아직 미숙한 잠에서 깨어나지 못하고 있네

놀토,
어느 세대에도
혼자 남은 시간
멀뚱하니 바라보는 아침이 있으리

제 몫의 아침
떠먹고
의미가 있는 것도 없는 것도 아닌
근로제도가 준 하루를 고민하는
노동자가 있으리

근로와 상관없이
계절과 시간에 따라
안과 밖이 깨어나는 전원의 토요일은
밖이 소리치면 안도 화답하고
무심코 커튼을 드리우고
낮잠이라도 잘 요량이면
안과 밖이 떠들썩하게
여물지 않는 꿈 메고 가네

시詩를 찾아온 한라봉

바람 어망
팔삭둥이 감귤 낳았다
짧은 탯줄
싹둑 잘린
황금배꼽 달았다
둘이 먹다
하나 죽어도 모르는 인생
바다건너
시를 찾아 왔다

돌 어망
칠삭둥이 조랑말 낳았다
칠부 능선
숫한 오름 따라
한라산 삼신三神 되었다
둥근 폭탄
터질 때마다 분화되는 생명력
하늘 날아
시를 찾아 왔다

코카스파니엘 우리

우리 집엔
아이들의 벙어리저금통과
벙어리 코카스파니엘 우리가
똑같이
매일 매일 먹기만 하고 사네
말없는 게 좋기는 한데
벙어리저금통은 눈금을 모르겠고
우리는 애정의 깊이를 모르겠네
시끄러운 밖에서 돌아오면
벙어리저금통은 항상 웃기만하고
벙어리 우리는 짧은 꼬리만 흔드네
침묵으로 제 몸을 변신하는
자연처럼
말없는 벙어리저금통과 우리는
우리 집의 보물일세

자신의 자리를 찾는 것

코카스파니엘 유기견 '우리'는 우리와 8년을 살았다.
유기되기 전의 삶은 모르므로 제 천수는 누린 것 같다.
지금은 청계산 자락에 묻혀 있다.
유기의 상처를 잊는 데 3년이 걸렸고,
거북마을에서 목소릴 찾는 데 2년이 걸렸고,
제 자리를 찾는 데 5년이 걸렸다.
반려견은 의외로 쉽게 마음의 상처를 얻는 걸 알았다.
아이들이 전원의 '철학자'라고 부르던 그녀는
그 많은 생각을 안고 어디로 갔을까?

우리 이야기

유기견
코카스파니엘
우리라고 이름을 지었는데

짖지도 울지도 않고(목 수술을 하였나?)
온 몸이 살덩어리(털을 모두 깎아)
지렁이도 무서워하더니

전원에서
2년이 지나자
멍멍대고 짖기 시작하고
여치나 메뚜기도 잡고
털이 소복 자라
곰 인형이 되었다

비록 방에 살지 못해
냄새는 나더라도
야성을 찾은
유기견
우리

친구가 된 고양이

이 집이 네 집이냐
냐옹
어디를 들어 오냐 이놈
냐아옹
배고프냐
니야아옹
어디가
니옹
저리 가서 놀아
응
멍멍이랑 사이좋게 지내라
응애용
누가 좋냐?
치용
어디서 왔냐?
야옹
여기서 살텨?
피용
이제 가서 자라
응응
이~노옴
니옹

집 고양이가 된 들 고양이

들이 불쑥
정원으로 데크로
들이 닥치는 일이 생기자

들 고양이가
집 주위를 맴돌다
한 식구가 되었다

내 집 어딘가
방을 꾸미고
현관에 놓는 사료를 먹고
대신 주변의 들쥐를 잡고

가끔 야옹 거리며
모로 좌로 돌고
어설픈 애교를 부린다

자유를
완전히 포기하지 않은
들 고양이

새벽에 보는 달이

가슴에 오래 자라 온
환상이란 암세포 하나
손톱눈처럼
아가 눈처럼
창문에 걸려 있다

시리도록 아픈
꿈 깨어
밖을 보니
세상은 은도금한
동화의 나라

치유할 수 없는
이 시간의 병
꿈인지
생시인지

간이역

상수리나무 도토리나
늦가을 녹슨 껍질과 함께
툭하고 길로 뛰쳐나온
산밤처럼
눈에 익은 마을 사람 몇몇
올망졸망
까칠하게
간이역 첫 열차를 기다린다

하루 두 번
서거나 말거나
거짓말처럼 시간 맞춰 나타났다 사라지는 황소 한 마리

유니폼 벗어 던진
간이역장
하품 채 닫기도 전에
열차는 떠나고

마을 사람들 하루 두 번
정해진 열차 시간 빙 돌아
정자골, 청계골, 안골, 증동골, 복포골, 탑골
숨어 숨어 도토리, 산밤처럼 산다

썩은 참나무
벌레 구멍처럼
동구 밖 느티나무
터진 빗금처럼
사통팔달四通八達
이리저리 뚫리고 아우성치며 달리는 차도에 밀려

이웃 간이역처럼
곧 헐릴지도 모른다는 소문 무성하고
그렇거나 말거나
한씨네 축사 비육소들처럼
매일 되새김질 하며 웃고 있는
간이역

국수리로 가는 중앙전철

남한강 북한강은 서로 두물머리 숲 이정표로 만나
바보처럼 숨을 참으며
두꺼비처럼 부푼 볼로 안개를 피우네

청계산 운길산 예봉산 검단산
하루 종일 몸을 던져 물질해도
팔당八堂 팔선녀 날개옷 하나 얻지 못해

강과 산
산과 강
그 사이 오고 가는 한양의 은어 떼
실버의 깃발
물끄러미 바라보네
미친 듯이 몰고 가네

종점 국수리 사는 촌놈
그냥 넋 놓고
인자仁者로 山을 보며 살까
지자知者로 江을 보며 살까
오늘 하루

|시간도 어디론가 달린다

손바닥만 한 간이역이 있는 걸 기억하는 사람은 없다.
하루에 세 번만 서던 보통열차는 사라졌다.
매일, 한 시간에 적어도 세 대씩 전철이 달린다.
역사는 웅장하고 커다랗고, 난방도 잘 되고, 의자도 좋다.
전철은 정확하게 오고, 서울 어디건 연결되고,
서울에 달라붙는 역세권을 만들어 주었다.
시간은 멈추지 않고 달리면서 많은 변화를 가져왔다.
그 열차처럼.
가끔 정지되어 하염없이 서 있던 완행열차가 그리운 건 왜일
까.

중앙전철 길고 긴 막차 이야기

한강이 삼부 능선에 기어올라 출렁대며 달린다
조급증과 안도감이 물결처럼 얼룩지다
그믐으로 가는 마지막 돛단배는 수족관이다
조명등은 조각달처럼 가쁜 숨을 쉬다
취한 금붕어, 참붕어 몇 마리 토악질 하다
펄떡이던 황쏘가리 그림자에 숨다
메기 한 마리 눈 감고 길게 눕다
피조개 긴 혀 어항에 붙어 가쁜 숨을 쉬다
수초가 휘감고 긴 키스를 하다
잠시 물이 출렁이다
한강이 들여다 보다
한강 어족들은 잠이 들었나 보다
아니 깨어난다
사부 능선에 쳐진 그물에 하루 일상이 모두 걸려 있다
지친 상념 몇 개 뭉그러져 상하고 있다
빈 배 그물 올리지도 못한 채 포구에 들어선다
오늘 항구는 먼 집어등集魚燈처럼 산막山幕에 떠있다
수족관이 깨어진다
놀란 물고기들 듬성듬성 퍼덕이다 뛰쳐나간다
잠시 출렁이다 한강은 침묵으로 다시 흐르고

|닮은 것과 닮지 않은 것

술 한 잔 권하는 계절이다.

길건 짧건 술 한 잔 나누는 약속이 걸리면, 전철 시간은 요동을 친다. 서울의 동쪽 끝, 택시 거리는 아니다. 막차 시간을 가늠하는데, 반드시 좀 이르다 싶을 때 자리를 털어야 막차 시간에 맞출 수 있다.

용산에서 이촌, 서빙고, 한남, 옥수, 응봉, 왕십리, 회기까지 서울권에서 손님은 메뚜기처럼 뛴다. 구리, 도농, 양정, 덕소를 지나며 비어가는 막차는 양수를 지나갈 때쯤은 거의 비어간다. 술에 취한 회사원, 깊은 잠에 빠진 어느 노인, 좌우로 흔들리며 조는 아가씨, 아예 길게 누워 버린 어느 샐러리맨……그래도 이 열차가 멈추는 용문은 고즈넉한 시골이다. 산과 내로 둘러싸인 경기도의 깊은 산골이다.

한강을 따라 중앙전철은 달린다. 팔당역부터 나타난 한강은 깊은 산을 양쪽에 거느리고 아무리 손을 넣어도 잡을 수 없는 물고기의 성지처럼 검고 푸르게 흐르고 있다. 검단산, 용마산, 예봉산, 갑산, 운길산, 부용산, 청계산, 매봉산, 백운봉, 용문산 등의 산이 병풍처럼 둘러서 있다.

도시에서 시골로, 도시 어족과 시골 어족이, 한 수족관에 담겨 매일 한강을 오르내린다. 막차는 아슬아슬하게 도시와 시골 사이에 줄타기를 하는 슬픈 어족의 무용담을 담은 수족관이다.

손님

어떤 이는 그늘을 이고 오고
어떤 이는 태양을 지고 오고
어떤 이는 바람처럼 왔다 가고
어떤 이는 살 어름을 밟고 오네만
전원을 찾아오고 싶거들랑
이방인이라도 좋으니 계절 새처럼 오게나

나무와 풀이 우거지면 우거지는 대로
산과 들이 마르면 마른대로
제 사는 노래를 지저귀고 슬며시 날아가고
소나기가 오거나
폭설이 오거나
숨이 막히면 막히는 대로
제 발자국을 하나 남기고 지우듯이
그렇게 그냥 오게나

이리 저리 정원을 둘러보다
할 말 없으면
앞뜰 가에 백일홍 나무
살살 밑 둥지를 간지르면
온 몸으로 까르르 웃더라 전해주고
미친 대추나무 더부살이
내년 봄엔 베어 버린다고 전해주게

전원을 방문하고 싶거들랑
나그네라도 좋으니 빈 마음으로 그냥 오게나

손님은 편지와 같은 것

꼭 기다리는 것만 오는 것 같진 않더라.
오는 시간도 들쭉날쭉하고.
때론 돈이 들고.
지속적으로 오는 광고편지나 납부고지서는 싫더라.
그래도 안 오면 기다려지더라.

결혼 20주년

그래.
이십 년을 마주보고 서 있는 나무였다면
산 하나
산 너머 또 산 하나쯤
우리 닮은 숲으로 덮었을 거야
그래, 그렇게 나무처럼 이십 년을 살았다면

그래,
이십 년을 그렇게 마주보는 꽃이었다면
마을 하나
마을 너머 또 한 동네쯤
우리 닮은 꽃으로
지천으로 피어나게 했을 거야
그래, 그렇게 마주보는 꽃이었다면

십 년 전에 들어온
거북 등짝 같은 전원주택
사방에 금이 가고
손 볼 곳이 많아 모른 척하고
사시사철 변하는 강산만 보고 사네

그래도
결혼 10주년 해외여행 간다고 부었던 적금 깨
사서 심은 나무들이

떨감 한 자루, 모과 스무 개,
매일 산처럼 쌓이는 형형색색의 낙엽,
소나무, 느티나무 가슴에 숨긴 새들의 축가

결혼 이십 주년 기념해
마구 심은 호박,
늙은 호박 여섯 개 따놓고
호박 시루떡 앉힐 생각하니
온 몸이 달콤하네

|잘 익은 호박 두 개

한 20년쯤 살았으면,
잘 익은 호박 두 개 구실은 해야지.

세월아, 넌 뭐 하니

십 년쯤이면
푸석이는 벽 틈으로
바람 때도 낄 줄 알고

울 옆 산벚나무
자꾸 불어나는 산발 머리
아침마다 파고드는 산새소리
맡기며
도리질 한다네

화장실 덮게 빗금에
엉덩이 끼고
눈곱 낀 창문에
왕거미 흔들의자

그래, 십 년쯤이면
세월이 스치고 간
노래 소리
어디 건 아득해라
아득해라

세월보다
넌
뭐하니
훌쩍 지붕을 넘은 활엽수
편지를 해대는
어느 해

내 나이 오십

오십 고개
아리랑 고개
이정표가 없구나

별 다섯 개
오성 장군이 되었다지만
출구가 없구나

새 가슴
굴뚝새가 되었지만
날개가 없구나

바람개비
쉴 새 없이 돌아가도
정작
바람이 없구나

오십 고개
지천명知天命의 세월인데
하늘이 없구나

황금연못

내 숲속 작은 연못
생각의 나무들이 자라네
비치는 하늘만 품고 사네
조우遭遇하는 생들에게 배운다네
바람에게 변화를 얻네
명상의 참붕어가 숨을 쉬고
잡념의 미꾸라지 숨어 있네

어느 깊은 가을
생각의 나뭇잎은 금빛으로 물들어
그 무게를 못 이겨 연못을 덮네
더 이상 하늘을 품을 수 없고
조우하던 생들이 떠나고
바람의 변화는 얻을 수 없네만
나는 황금연못이 되었다네
꽁꽁 얼어
황금 거울이 되었다네

그 숲에 가면
비치는 모든 것은 황금으로 변하는
시간의 황금연못

|내 마음의 황금연못

때론 모든 것이 지난 계절 이후에도 아름다운 것이 있다.
발아 탄생의 기쁨과 신록 청춘의 열정을 지나 머무는 조그만
간이역.
그 역의 문을 열고나서면,
모든 것이 황금으로 변하는 놀라운 세계가 있다.

신년 다례

요즘 한해 시작되면
누구나 반쯤 죽었다 살아난다 하지만,
반이나 살 수 있으니
나머지 반을 위해 뜨거운 발효차를 달인다
애시당초
굴곡 없고 매듭 없는 生은
바라지도 기대하지도 않지만
검바위 같은 삶의 굳은살,
잘 익었기를 바라며
뜨거운 차로 풀어낸다

먼 시간 힘들게 건너와
새해 어느 겨울저녁
짧은 노을 茶室에 걸쳐 있고
아득한 味香은 안개처럼 스며드네
다시 잔 갈아 탄
진한 숙차熟차 말 달리기 前
첫 잔을 다완茶碗에 버리며
붉게 달아 오른 茶友를 본다

이 보게 茶友,
우리 더도 덜도 말고
상선약수上善若水,
이 물처럼만 살아가세

차 한 잔은 생각이다

다인들과 차 한 잔을 나눈다.
차향이, 온기가, 맛에 대한 새로움이 가운데 있다.
저마다의 추억이, 축축해진 생각이, 이전의 시간들이 각자의
손끝에 머물러 있다.
그렇게 얘기를 나누다 보면,
우리는 같은 배를 타고
같은 곳으로 흘러가는 것 아닌가.

아내가 여행을 떠난 사흘

삶이란 바다에서 인생이란 강으로 돌아왔네
연어는 아니지만 가정이란 여울로 돌아왔네
돌아온 가정은 섬세한 수세미 같이 촘촘하고
닦아도 쓸어도 내가 낳은 썩은 알들이 남아있네
그 알 몇 꽁무니에 달고 아내는 사흘말미 여행을 떠났고
모처럼 잘 다녀오라고 나는 대포를 쏘며 헛기침을 해댔지
그 사흘이 지난 4년 같이
무언가 일을 하는데 일하는 것은 아닌 것 같고
그냥 쉬는 데 쉬는 것도 아닌 것 같이,
그렇게 방구석 구석 밀려 있는 아내의 분신을 찾네
겨우 사흘인데, 하루 이틀 삼일도 길게 돌아 돌아가고
젊은 날 내가 출장 떠났던 그 밤도 그렇게 오대양을 돌았
는가
아내가 만든 밑반찬이 포도당 영양주사처럼 줄어들고
똑딱거리며 흘러내리는 벽시계 숫자를 헤아리기 시작했네
아내는 거북이처럼 떠났고 나는 연어처럼 돌아 와 있네
인생의 강에서 삶의 바다로 흘러가는 것처럼
어제와 내일은 오늘처럼 아득하기만 하네

|어스름

저녁 어스름에
옆에 누가 없다는 것은 비극이다.
밥상을 같이 나눌 수 있는
사랑이 없다는 것은……
황혼을 같이 나눌
여행의 동반자를
잃지 마라.

｜거북마을 15년 주저리주저리

인연의 꽃

인연의 꽃은 우담바라 꽃이 아닐 것이다. 인연의 절정은 함께 사는 것이다. 함께 사는 것이 인연의 꽃이고 우담바라 꽃일 것이다. 따라서 부부야말로 가장 큰 인연의 꽃이고, 그 다음이 부모, 자식, 형제이고, 그 다음이 이웃일 것이다. 요즘은 이웃이 부모형제보다 더 가까운 인연일지도 모르겠다. 이런 관점에서 회사라는 지극히 인위적이고 피상적인 만남에서 네 가족을 이웃으로 만났으니 그야말로 귀중한 인연의 꽃이다. 거북마을은 회사의 선후배, 동기들이 만든 전원마을이다. 1998년 그 길고 잔인했던 IMF 금융체제에 나라가 빚쟁이로 전락했을 때, 한반도가 역성장의 빙하기에 들어가던 때, 우리는 이웃이란 인연의 꽃을 피웠다. 이 인연이야말로 우담바라 꽃이다.

서울과 양평 사이

참으로 놀라운 것은 물리적인 거리는 시간이 흐를수록 자꾸 가까워진다는 것이다. 처음 국수리 101번지 안골 동산을 찾았을 때 걸린 시간은 네 시간이나 소요되었다. 국수역은 드라마 '간이역'이 촬영된 아주 작은 역이었다. 하루에 중앙선 보통 열차가 세 번, 시외버스가 큰길가에 몇 번 서던 바람이 지나가는 길목쯤 되는 소외지역이었을 것이다.

1978년 대학 1학년 때 국수역에서 내려 대심리 기독교 연수원으로 넘어가 서클 첫 MT를 왔었던 것이 첫 인연이었다. 그 때 국수역의 아담하고 고즈넉한 이미지가 국수리 101번지가 평생 거처가 된 이유이다. 이곳에 들어온 지 15년이 지난 지금, 국수전철역은 중앙전철역의 명소가 되었다. 맑고 깨끗하고 적절하게 높은 청계산을 오르는 길목이 되었고, 남한강가 마술사 최현우 아버님이 운영하는 '예마당'으로 점심을 먹으러 가는 마술 같은 입구가 되었다.

거북마을에서 출발하여 서울 어느 곳이 건 1시간 반이면 건너가는 바람의 종점이 되었다. 참 고달픈 한강을 끼고 질주하던 출근길도 이젠 대중교통으로 바뀌었다. 이제 서울과 양평 사이에는 전철과 빠른 직행좌석버스, 한강을 끼고 달리는 상쾌하고 신나는 드라이브 6번 국도가 있고, 그 길에는 빈 바구니를 옆에 끼고 5일장을 보러 오는 실버들로 넘쳐 나게 되었다.

촌장님과 이장님

촌장과 이장을 비교한다면, 상식적으로 촌장이 이장보다는 높아야 할 것이다. 그런데 거북마을 촌장보다는 국수1리 이장이 훨씬 더 높다. 국수1리 이장은 거북마을을 포함해 정자골, 안골, 새로선 물빛 고은 마을, 어울림골, 통나무집 마을 등 약 팔십여 가구를 대표하고, 거북마을 촌장은 겨우 다섯 가구의 머슴이기 때문이다. 이장은 선발직選拔職이고, 1년마다 마을 대동회에서 투표를 통해 재임하거나 선임하지만, 거북마을 촌장은 자발직自發職이고 연공서열로 결정된 말뚝이고 당연직이기 때문이다.

말하자면 나는 거북마을 입구에 사는 자발적 거북마을 촌장인 셈이다. 따라서 겨울이면 우리 마을을 위해 가장 먼저 일어나 눈을 쓸어야 하고, 봄부터 가을까지 누구보다 부지런히 잡초도 깎고, 나무도 다듬고, 우연히 들리는 외부 사람들을 가장 먼저 만나곤 한다. 이장님에게 가끔 막걸리를 한 잔

건네는 일도 내 몫이다. 그래도 거북마을 맨 앞에 살아서, 늘 거북마을이 평안해야 한다고 생각하는 점에서, 내가 거북마을 입구를 책임지고 있다는 생각에서 촌장임에 자부심을 느낀다.

아이들 때문에

전원생활이라고 하면 모두가 노후의 일로 생각한다. 재산증식을 위해서, 아이들 때문에, 서울, 강남이나 송파, 대치동이나 서초동에 살아야 한다고 생각한다. 상식적으로 그 말이 맞는다고 본다. 불행하게도 내가 사는 곳의 집값은 15년 전과 비교해도 그다지 오르지도 않았고, 집이나 땅이 활발하게 거래되지도 않는다. 여기는 학군이랄 것도 없는 읍·면 단위 군 소재지 작은 학교들이 읍을 중심으로 작은 서열을 이루고 있을 뿐이다.

그래도 아이들 때문에 시골로 내려왔다고 한다. 30분을 걸어가야 하는 학교, 10분쯤 차를 타고 데려다 주어야 하는 친구들, 조금만 나가면 산과 들이 무진장 펼쳐진 곳에서 아이들은 자라야 한다고 생각했다. 다치고, 힘들어 하고, 부대끼고, 스스로 일어나면서 아이들은 자라야 한다고 생각한다. 솔직히 나는 시골의 이 막막한 교육 시스템에 후회를 하였었다. 그런데, 오히려 아이들이 자라가면서 감사해 하고 있어서 놀라고 있다.

처음 국수리 내려올 때 큰 애가 초3, 작은 애가 유치원생이었는데, 이제 그 애들은 모두 원하는 대학으로 진학을 했고, 스스로 자신의 길을 찾고 있다. 마을 후배들 아이들도 자신에게 맞는 대학과 전공을 선택하고 자신의 길로 나서고 있다. 아이들 때문에 전원으로 오길 잘 했나 보다.

우리 마을 반려 동물들

반려 동물이라고 해서 동물들에게 옷을 입히거나, 샴푸로 몸을 씻기거나 하지 않는다. 우선 우리 참나무동에는 항상 반려견이 있었던 셈이다. 종류로만 하여도 진돗개, 발바리, 코카스파니엘 종 등인데, 15년 동안 맥을 잇고 같이 살아온 반려견은 주로 진돗개이다. 진돗개를 택하게 된 것은 처음 함께하게 된 진돌이와 진진이에게서 그들의 충성과 영민함, 깔끔함과 야생성에 흠뻑 빠져 버렸기 때문이다. 처음 세대를 이룬 진돌이와 진진이, 그 다음이 랄라, 골드, 현재는 거진이가 대를 이어 가고 있다. 그들은 견권을 지키며 진돌이와 진진이를 위해 내가 직접 만든 튼튼하고 근사한 자신들의 집에서 산다. 그 외에도 수를 헤아리기 힘든 들고양이들이 마을을 들락날락한다. 물론 그들을 위해서도 늘 밥을 놓아 준다. 가끔 유기견들이 마을을 찾아오기도 한다. 유기견들은 자연스럽게 왔다가 어느 날 떠나가기도 한다. 처음 마을에 있던 잣나무에는 까치 가족이 오랫동안 대를 이어 살고 있다. 새끼를 낳고 분가하고, 새끼를 낳고 분가하기를 15년을 하니, 주변의 까치가 다 그들 가족이 아닌가 싶다.
맨 아래 감나무동 아이들이 놓아 준 토끼의 후손들이 가끔 마을로 내려오기도 한다. 겨울이 되면 고라니 가족이 밥을 얻어먹으러 내려오곤 한다. 여름과 가을이면 주변에 살모사나 까치독사, 꽃뱀들이 얼굴을 내밀어 안사람들을 놀라게 하기고 한다. 현재 거북마을에는 공식적인 반려견만 다섯 마리가 있다. 그렇게 야생과 길들여진 것들이 조화를 이루며 사는 것이 이곳의 멋이다.

삶은 진화한다

자연과 벗하며 가장 절실하게 느끼는 생각은 시간과 삶이 조금씩 진화한다는 것이다. 벌겋게 황토가 드러난 대지에 나무와 화초를 심고 조금씩, 조금씩 터전을 가꾸어 나갔고, 거기에 4계절의 바람과 비와 더불어 사람의 흔적이 포함되면서 매 시간, 매 년 거북마을은 변하고 바뀌어 갔다.

마을을 만들 때 상징수로 남겨 두자던 고령의 갈참나무(도토리를 한 가마씩 땄다던)는 입주하기 전에 베어 버렸고, 그 대신 우아한 조선 소나무가 자리를 잡자(친구들이 집들이 선물로 식수) 조경이 갖춰지기 시작했다. 맨 바닥에 모래와 흙을 들이고, 그 위에 잔디를 심고, 또 과실수를 심고, 매년 봄 새로운 꽃나무를 심고…….

하루아침에 이루어지는 것은 없으리라.

그렇게 심고 가꾼 나무는 5년이 지나니 땅 냄새를 맡고 뿌리를 깊게 박았으며, 뿌리를 박고 나니 아이들 키를 훌쩍, 우리 생각을 훌쩍, 뒷산과 앞마을과 키 재기를 하며 무럭무럭 자라기 시작했다.

나무와 숲이 우거지니 어른들은 굵직한 장년이 되었고, 아이들은 변성기를 거쳐 어깨가 벌어진 청년이 되었으며, 집들은 아늑한 전원마을에 둥지를 틀고 알을 까기 시작했다. 3억 년이 넘는 인류의 역사도 그렇게 진화하지 않았을까. 매일매일, 매 계절, 매 해 조금씩, 조금씩 다듬고 만들고 첨부해 온 것들이 오늘의 우리를 만들지 않았을까?

삶이여 절대 뒤로 후퇴하지 말고 진화하기를 기원한다.

축제와 파티

전원에, 그것도 후배들과 동호인 마을을 만들어 산다고 하면 누구나 지인들의 첫 주문은 주말에 '삼겹살 파티'라도 하자는 것이다. 삼겹살이 때론 금값이 되기도 하지만, 그래도 삼겹살에 소주가 가장 서민적이니, 그대는 좋은 정원과 장소를 제공하고, 우리가 소주와 삼겹살을 사가지고 갈 터이니 한바탕 놀아보자는 것이다.

그렇다. 전원에서의 삶은 어찌 보면 매일이 파티이고 축제이다. 생명들의 축제, 꽃들의 파티, 새소리와 바람의 축제……. 사실 처음 3, 4년은 거의 매주 그렇게 친구들, 후배들, 지인들, 친척들, 회사 동료들, 살면서 만난 분들과의 방문과 파티가 있었나 보다. 그래서 아예 참나무나 숯으로 삼겹살을 굽고, 소주 한 잔 할 수 있는 커다란 철제 화로와 그늘 막과 의자 등을 준비했었다.

이젠 나이도 나이려니와 벌이고 굽고 떠들썩한 것 자체가 그렇게 즐겁지가 않은가 보다. 방문 손님들이 있으면 조용히 된장찌개나 파전에 막걸리 한 잔 나누거나, 차 한 잔 건네거나, 그것도 여건이 허락하지 않으면 가까운 마을 주변 음식점에 나가 매식하고 들어와 산책하고 차 한 잔 나누며 얘기하는 것에 익숙해졌다.

먹고 마시는 것보다 사람들에게 더 집중하고, 우리들의 이야기와 근황에 더 관심을 갖게 된 것이다.

그래도 최근 10년간 방문자에게 운영해온 한 가지 원칙이 있다. 거북마을을 방문한 누구나 방명록에 자신의 소견이나 글 하나를 남겨야 한다는 것이다. 그렇게 만들어진 파일이 여섯 권이 되어간다. 이른바 거북마을 참나무동 방명록이다.

틀림없이 인생은 소풍이고, 하루하루의 삶은 축제이리라.

그러니 어느 하루 저녁시간 또는 짧은 어느 휴식의 시간이라도 신나는 파티를 벌여야 하지 않겠는가. 뭇 생명들처럼…….

생生 노병사老病死

봄, 여름 가을 겨울처럼 생은 길고 노병사는 짧고 순간적이다. 아니, 생은 짧고 노병사는 길고 지루하다. 살아가는 시간의 주기로 본다면, 일년초, 잡초들의 생명주기는 아주 짧고, 그만큼 생로병사의 모습을 고스란히 우리에게 보여 준다. 다년초나 나무들은 매년 겉모습과 깨어있는 시간을 통해 생로병사의 연극을 하고 있는 명배우들 같다.

우리와 함께 하던 애완견이나 주변의 동물들은 짧은 주기를 통해 생로병사의 사이클을 있는 그대로 보여 준다. 시골에 산다는 것은 이와 같이 생로병사의 스펙트럼을 끊임없이 학습하고 견학하게 하며, 그 과정을 통해 삶과 죽음에 대한 새로운 의미를 찾고, 인생을 겸허가게 살도록 조금씩 수정해준다. 거북마을 입주와 함께 같이 새로운 삶을 시작했던 진돗개 진돌이와 진진이가 그렇다. 진돌이는 건너 마을 진돗개 짝과 새끼를 네 배나 낳았고, 그 네 배 새끼들을 키우고 분양하는 과정에서 참 많은 즐거움과 행복을 주었었다. 조용히 생을 마감한 진돌이는 이제 우리 마을 한 구석에 묻혀 포근하고 환한 꽃으로 매년 피어난다.

유기견으로 우리 집에 들었던 '우리'도 그랬다. 코카스파니엘 종이었던 '우리'가 다시 말을 하고 버림받은 상처를 잊고 평범한 반려견으로 돌아오는 데 2년이 걸렸고, 그 이후 보여준 그 녀석의 재롱과 활약은 정말 대단한 것이었다. 나이를 가늠하기 어려웠던 '우리'는 8년을 우리와 함께 하고, 어느 날 조용하게 노사하였고, 마을 윗산 양지바른 쪽에 묻어 주었다. 그 외에도 야생 고양이에서 집으로 귀가한 블랙이, 잠시 들어와 살다가 떠난 누렁이, 데크에서 새끼를 네 마리나 낳았던 흰 고양이 '뽀삐' 등등 자연스럽게 함께 살다 떠난 동물들이 참 많았다. 그들은 가족들에게 생활의 활력이 되어 주었고, 친구로서 사람들과 다른 많은 이야기를 남겨 주었다.

또한 언젠가는 거북마을에 들어와 사시겠다던 아버님이 2004년에 암으로 세상을 떠나셨고, 아버님의 막역한 친구이시던 장인어른, 장모어른도 2010년, 2011년 연이어 승천하셨다. 사람의 마을에도 노병사의 시간은 쉬임 없이 흘렀다. 거북마을에서도 이웃 강민이네 상할머니가 처음으로 2천년대 초에 마을상으로 이 마을 공동묘지에 안거하셨다. 양지쪽에서 꽃을 어루만지며 정원을 가꾸시던 상할머니와 거북마을에 함께 한 4년은 참으로 아름답고 거룩한 기간이었던 것으로 기억한다.

매년 정원의 봄, 여름, 가을, 겨울을 들여다보면, 참으로 놀라운 종의 기원과 번영과 종말을 느낄 수 있다. 그 해, 그 해 자연환경에 따라 번성하는 종이 다르고, 달리는 열매의 크기가 다르며, 매년 다른 모습을 창출하곤 한다. 살아 있는 어느 것 하나 예사로운 것이 없으며, 살아가는 생명 어느 것 하나 평범하게 살아가는 것이 없다고 생각한다. 존재의 이유가 있으며, 그들이 존재함으로 인해 작고 큰 많은 생명들이 또한 유기적으로 서로 공존하거나 영향을 받거나 주면서 한 해를 마감한다.

봄, 여름, 가을, 겨울을 온전하게 체감하고 받아들일 수 있는 행복이야말로 시골에 사는 가장 큰 행복이리라. 생과 노병사의 그 수많은 이야기들이 비록 기억되고 기록되지 않지만 커다란 교향악이나 아름다운 선율처럼 매일 매일, 매 달, 매 계절, 매 년 울려 퍼지기 때문이다.

"불러주세요"라고 하지 말고

요즘도 새롭게 만나는 지인들은 "전원에 좀 불러주세요. 어떻게 사는지 보고 싶어요." 하는 주문들을 한다. 그 경우, 십중팔구 나는 "그러지 말고 지나는 길에 그냥 들러 주세요. 전화

하고 있으면 큰 길에서 조금만 들어오시면 탁주 한 잔, 차 한 잔, 밥 한 술 드시고 가실 수 있어요.” 하고 대답한다.

누구를 초대한다는 것은 일이다. 마음의 준비를 해야 하고, 아내는 음식을 준비해야 하고, 청소를 해야 하고, 주변 정리를 해야 하고…….

누가 그냥 갑자기 온다는 것은 사건이고 즐거움이다. 끼니 준비할 때면 수저 한 벌 더 놓고, 여유가 있는 시간이면 있는 안주에 탁주 한 잔 나누고, 긴 시간이 가능하면 바로 차 몇 종 달이며 많은 얘기를 나누리라.

살면서 점점 더 손님들, 친구들을 집안에 맞이하는 것이 쉽지 않은 행사처럼 느껴지고, 요즘은 공식적인 집 초대모임도 거의 줄어드나 보다. 전원에서는 다행히 봄, 여름, 가을까지는 정원에 탁자 하나 내 놓고, 의자 둘러놓으면 멋진 들차 모임, 소풍이 되는 것이니 이 시간 동안이 방문하기는 제격인 셈이다.

불러주세요 하지 말고, 오고가시다 들리시라.

창공 創空 – 천조 天鳥 홀

이 공간은 빈 공간이지만, 꽉 찬 공간이다.

하늘과 나무와 새와 태양과 비와 구름과 바람으로 연결되는 긴 시간의 공간이다. 그렇게 만들어졌다.

한없이 마음의 고삐를 풀고 나와 그들을 방목하는 공간이고, 신선이나 천신과 차를 나누는 공간이고, 늘 새로운 생각을 안개처럼 피우는 공간이다.

그래서 이 홀은 창공과 천조로 나누어진다.

창공은 무에서 새로운 것을 만드는 공간이고, 천조는 그 공간에 새를 날리는 공간이다. 그래서 천조 天鳥 이다.

항상 생명이 자라고, 사람들의 이야기가 있고, 온기가 남아 있고, 취할 수 있는 술이 있고, 나눌 수 있는 그윽한 차가 있고, 다양한 창조의 힘이 있다.

창공 홀은 거북마을의 상징수 수령 백년의 참나무가 있던 곳이고, 지금은 참나무동 향후 백년의 이야기를 기록하는 곳이다.

창공 홀에서 차 한 잔 하시고, 천조 홀에서 덕담 한마디 적으시라.

그리고 그 밖으로 나가면 세상이 있으리니…….

책 11권으로 남은 나의 목소리

물론 거북마을에 들어오면서 글을 쓰게 된 것은 아니다. 전원에 살게 되면서 더 글 쓰는 재미를 붙이게 되었나 보다. 그래서 거북마을에서 쓴 글, 나온 책들을 더 사랑한다. 마치, 이 세상에 없는 새로운 종의 나무를 하나 구해 심은 듯하고, 그 나무가 자라면서 맺어 주는 인연들이 신비롭고 즐겁고 행복한 다양한 이야기를 만들어 주기 때문이다.

• 첫 시집, 『안녕이란 말 대신』(진솔문화사, 1989년)
• 둘째 시집, 『에게 에게』(문학통신사, 1990년)
• 에세이집, 『광고는 아무도 못 말려』(자유문학사, 1993년)

- 셋째 시집, 『매력 없는 여자의 매력이 나는 좋다』(나남, 1993년)
- 사진집, 『김장훈의 사진공장 이야기』(서울창작, 1994년)
- 사례집, 『아이 아이 아이』(제일기획, 1996년)
- 넷째 시집, 『산, 그리고 이웃사람들』(우이동사람들, 1999년)
- 첫 시화집, 『아들아 세상이 보이느냐』(우리글, 2006년)
- 다섯째 시집, 『한강』(우리글, 2007년)
- 여섯째 시집, 『이 시대의 자화상』(우리글, 2007년)
- 둘째 시화집, 『사람 그리운 날에 차 한 잔 시 한 모금』(우리글, 2009년)
- 셋째 시화집, 『시즐』(새로운사람들, 2013년)

그 외 공동 집필 책

- 1993. 8. 문화비평집 『광고의 신화, 욕망, 이미지』(현실문화연구)
- 1995. 3. 문화비평집 『회사 가면 죽는다』(현실문화연구)
- 1997. 6. 공동시집 『97 안암의 젊은 시인들』(고려대학교출판부)
- 1998. 4. 공동시집 『햇빛 속에 호랑이는 광휘로 가득하다』(고려대학교출판부)
- 2010. 10. 『책 읽는 호박들』(생각미디어)

거북마을 이야기는 계속된다

1998년 5, 6월에 탄생한 거북마을, 시골에 사는 즐거움, 전원의 이야기는 계속될 것입니다. 오늘은 2013년 5월 23일, 시골에 산 지 만 15년이 되는 날입니다.

거북마을 약사

(태동 이전)
- 1993년. 21세기 동호인 마을 커뮤니티 꿈을 나누고, 시작하다
- 1993년~1996년. 박동준, 서창교, 김현중 3인이 전원 마을 터를 탐색하다.
- 1996. 7. 27. 경기도 양평군 양서면 국수1리 101번지 일대 1098평 잡종지 구매 계약하고, 8월 진입도로 30평을 구매하다.
- 1996. 10. 15. 대지 구매 완료하다.
- 1997~1998년. 건축방식을 고민하고, 각자의 집을 설계하다.

(태동)
- 1997. 4. 16. 스틸하우스 건축, '효원건설'과 4동 건축 계약을 하다. 터의 형태를 보고 '거북마을'로 명명하다.
- 1998. 3. 16. 효원건설 부도로 '이해수' 소장과 직영 방식 중간단계 건축을 승계하여 마무리를 진행하다. (효원건설 1998. 3. 26. 폐업신고)
- 1998. 4. 13. 박정래 가족 국수1리 197번지, 일세日貰로 임시 이사하다.
- 1998. 5. 23. 박정래 가족 국수1리 101번지 입주
- 1998년 5월 30일 김현중 가족 입주, 6월 2일 서창교 가족 입주, 6월 5일 박동준 가족 입주. 각 집과 연관된 나무에 따라 참나무동, 잣나무동, 소나무동, 감나무동으로 명명.
- 1998~1999년. 거북마을 각 동 준공. 대지 분할 등기. 도로 등기 완료.

초판1쇄 인쇄 2013년 5월 23일
초판1쇄 발행 2013년 5월 27일

지은이 구산 박정래
펴낸이 이재욱
펴낸곳 ㈜새로운사람들

디자인 한홍신
마케팅·관리 김종림

ⓒ박정래, 2013

등 록 일 1994년 10월 27일
등록번호 제2-1825호
주　　소 서울 도봉구 덕릉로 54가길25
전　　화 02)2237-3301, 2237-3316
팩　　스 02)2237-3389
이 메 일 ssbooks@chol.com
홈페이지 http://www.ssbooks.biz

ISBN 978-89-8120-482-2(03810)

*책값은 뒤표지에 씌어 있습니다.